魔豆

織女

番外

夏日騷亂

醉琉璃——著

織女 番外

目錄

情人節眞的是……

雖然日曆上正寫著大大的「14」，搭配最上頭的「2」這個數字，兩者組合起來，照理說這是個令無數年輕男女瘋狂的日子，但在宮一刻和宮莉奈一塊居住的家中，卻沒有引起多大的注意。

應該說，不管是白髮少年或是那個性上樂觀遲鈍的宮家大姊，都完全沒去在意「情人節」這三個字究竟有何意義。

在這樣的日子裡，一個是賴在客廳沙發看著報紙，一個則是到補習班上班去——要知道，就算是情人節，補習班也不會因此放假。

「太奇怪了，一刻，這眞的太奇怪了！」發現自家部下三號居然對這重要的日子無動於衷，織女忍不住用力抽走一刻手上抓著的報紙，隨手一扔，再雙手扠腰、挺起小胸膛，義正詞嚴地說起教來，「今天可是情人節耶！需要妾身再提醒你一次嗎？是情人節唷！」

「情妳老木啦！」被人無端抽走報紙的一刻翻了一個白眼，「那是啥？能吃嗎？情人節又不會掉錢下來，玩偶也不會大特價……*互*！根本是大漲價吧！」

「吼！一刻，你眞的不懂耶！就是因爲碰上情人節，那些花呀、玫瑰呀、可愛的玩偶呀，才會漲一下小小的價嘛。」織女伸出食指在一刻面前搖了搖，「小心這樣會不受女孩子歡迎哪，妾身說這些都是爲你好。」

「屁。」一刻想也不想地回以這個字。當他是三歲小孩好騙嗎？「得了吧，織女，妳說這些到底想幹嘛？有話快說、有屁快放，不要繞來繞去，老子聽不懂。」

「一刻、部下三號，不要開口閉口就是屁，妾身可是淑女，這種說話態度對妾身太失禮了。」織女鼓起白嫩的臉頰，原本就大的眼睛瞪得更圓、更大了。

一刻不想潑面前的神明冷水，不過那種蘿莉模樣搭配這副表情，別說有氣勢了，最多只會使人覺得……

咳，可愛度破表。

雖然擁有一副生人勿近的可怕氣勢，外加一頭囂張白髮與凶狠眼神，但實際上，一刻對可愛的人事物可說完全沒有抵抗力。

見寄居在自己家中的織女擺出這表情，一刻耙了耙頭髮，「我再說一次，妳想說什麼就直說。」

「眞的？那妾身眞的要說囉？會不客氣地說囉？」織女眼睛一亮，很明顯她開頭講了一大串，全都是爲了等一刻主動說出這句話。

一刻連白眼都懶得翻了，說得一副好像她有客氣過的樣子。

「哪哪，一刻，今天是情人節嘛，其實也算是妾身的另一個生日唷。」織女不再雙手扠腰，而是將兩個小手掌交握，可愛的小臉仰得高高的，大眼睛還不時眨了眨。

「啊？」一刻一愣，就算他做好心理準備，心想織女可能會開口要布丁、要蛋糕、要豪華下午茶點心，但怎樣也沒想到會等來這句話。

生日？織女的生日？

「我聽妳在騙痟！」一刻黑了臉，凶惡的目光立即像探照燈般射過去，「妳是當我白痴嗎？妳的生日是農曆七月七日吧？這種常識連我都有！」

「沒錯啊，妾身的生日的確是七月七日，一刻你知道眞是太好了，到時記得要送妾身禮物。」織女露出甜甜的笑容，「可是七月七日又叫什麼日子？」

「七夕吧？」一刻暫時壓下被耍弄的感覺，狐疑地瞇著不知葫蘆裡在賣什麼藥的小蘿莉。

話說回來，怎麼她身邊沒看見喜鵲？照往常的模式，那隻只有巴掌大的細辮子少女早就冒出來，用她的毒舌利嘴幫著她的主人讓事情越變越複雜。

而且今天是情人節，爲什麼這丫頭卻還在這裡？她家那個和她站在一起，壓根就會讓人懷疑是不是蘿莉控的牛郎呢？

想到那個一雙桃花眼、外貌俊美得過分，但大腦構成物有百分之兩百都是織女的美男子，一刻眉頭就忍不住緊緊地皺了起來。

這種日子，他們兩隻不是應該要去過自己的兩人世界嗎？

「哈囉，一刻，回魂喔。」見一刻分心，織女連忙舉著小手在他眼前揮揮。

「回妳媽的蛋，老子又沒死，回啥魂？」一刻反射性又咒罵一聲，「所以呢？七月七日是妳生日，又叫七夕，到底有啥問題？」

「除了七夕，還有一個別稱吧？」織女繼續給予提示。

一刻覺得自己應該直接起身走人，去做個大掃除或回房間做點串珠吊飾，總比聽一個平胸小蘿莉賣關子好。但是想是這樣想，他卻還是認真地坐在沙發上思考。

七夕的別稱……

「中國情人節？」一刻狐疑地眯起眼反問著。

「賓果！」織女打了一個響指，「就是這樣啦，七夕又叫中國情人節嘛，二月十四號也是情人節，所以也算是妾身的另一個生日啦，妾身說的很對吧？」

「對妳去死！」一刻鐵青了臉，毫不客氣地給了一隻中指當回應，「幹，全部是妳在唬爛！最好是情人節都是妳生日啦！妳是當我白痴嗎？要我今天送妳生日禮物，沒、門！」

「欸？」織女不敢相信地拉高聲音，「過分，太過分了，明明就是一刻你說妾身可以不客氣直說的，爲什麼妾身說了，卻用這種態度對待妾身？嚶嚶，妾身就知道，現在的年輕男人都只出一張嘴，是不能相信的……妾身好難過，妾身明明是那麼相信自己的部下呀……」

即使明知道那留著一頭過腰烏黑長髮的小女孩只是在裝哭，但聽見她吸著鼻子的可憐聲音以及那楚楚可憐的模樣，一刻深吸了一口氣，在心裡默數到十。

很好，這丫頭贏了。

「我知道了……老子知道了，老子送妳總可以吧！」一刻自暴自棄地喊道：「看妳要什麼就說吧，混帳！可惡，爲什麼是我要送啊？妳老公呢？他人今天是死哪去了？」

「夫君他活得很好啊，才沒有死哪去了。」一提起自己的丈夫，織女就滿臉甜蜜，一張小臉更是發著光，墨黑的眼眸也是閃閃發亮，「而且夫君晚點就會來接妾身出門去過情人節了，一刻你不用太羨慕的。」

「幹，誰會羨慕你們啊？」一刻皮笑肉不笑地扯了扯嘴角，「妳最好叫牛郎小心點，帶妳去飯店餐廳吃飯的話，小心他被服務生攔下來，還可能被警察請去喝茶。」

「咦！什麼什麼？爲什麼夫君要小心一點？」織女困惑地眨巴著大眼睛。

——廢話，因爲不管牛郎長得再怎麼帥，他一個大男人帶著一個小蘿莉到飯店餐廳吃大餐慶祝情人節，只要是有道德良知的人見到了，都會將他當成戀童癖變態吧？

不過這話一刻沒說出口，他陰惻惻地想，自己絕對不是嫉妒牛郎織女這對在情人節簡直要放閃光閃死他的小倆口。

「沒什麼，這不重要。妳想要什麼禮物就快說，我等等要去大掃除了。」一刻將那張越湊越近的小臉推開。

「那妾身說了喔，妾身眞的要說了喔。」織女愼重地又問了一次。

「快、說！」一刻幾乎是咬牙切齒了，這小鬼是想磨死人的耐性不成嗎？

「哪，一刻，妾身想要這個。」也不知道是從哪變出來的，織女手中忽地出現一張報紙，她指著上頭的某個圖案，滿心期待地說道：「可以吧？可以吧？一刻你可是都答應妾身了。」

「那什麼鬼？」一刻納悶地湊近一看，看著上頭外型精美的巧克力圖片，再看著底下的說明文字，「情人節浪漫心型禮盒，十三顆裝，價格是……幹幹幹幹！這是三小！」

一刻猛然爆出了成串髒話。

「十三顆巧克力要兩千多塊!?我操他的！這去搶錢比較快吧！要老子花兩千元就爲了這小不啦嘰的十三顆巧克力？不可能！」

「哎？可是一刻你剛不是答應妾身了？」織女泫然欲泣。

「剛剛是剛剛，現在是現在。」就算被人罵沒誠信，一刻也不在乎。開什麼玩笑，有那個錢他不會直接去買他一直想要的等身高綳帶小熊嗎？「聽好了，織女，這種高熱量的東西吃下去妳會肥死的。與其吃這個，我去買半打桶裝布丁給妳吃還比較健康。」

「什麼？半打桶裝布丁？那妾身要這個！」織女泫然欲泣的表情瞬間消失，興奮大睜的眼睛內就像盛滿了星星，「一刻，你說的喔，不可以食言喔！」

「放心，絕對不會食言。」只要用六個桶裝布丁就可以打發織女，一刻怎麼想都覺得很划算，「好了，就這樣。妳不是說牛郎要來接妳嗎？去準備準備，別留在家裡妨礙我打掃。」

不算用力地彈了下織女的額頭，一刻起身離開沙發，打算先回房間換件寬鬆的T恤，來充當大掃除用的打掃服裝。

沒想到剛一離開舒服的沙發，原本安安靜靜的電話突地響了起來。

「妾身要接、妾身要接！」一發現電話響起，織女馬上興高采烈地想衝過去，只不過她的小短腿終究比不上一刻的長腿，一刻才輕鬆幾個跨步，就輕易地越過那抹嬌小的身影。

無視黑髮小女孩噘著嘴瞪著自己，一刻接起了電話，還沒開口，話筒內已先傳來了聲音。

「莉奈姊，我是小江。我……」那是個年輕甚至顯得拘謹的嗓音，還有著一絲難以忽略的緊張。

「老子不是莉奈姊。」一刻對著天花板翻了一個白眼。一想到電話另一端其實是個「生人勿近」程度不輸自己的陰狠金髮少年，還是利英高中二年級的老大，卻用著簡直像小毛頭初次要約心上人約會的緊張語氣說話，他只覺得一陣雞皮疙瘩，立刻果決俐落地截住了對方的話，「她不在。」

而一聽見傳入耳中的並非是心心念念的女性聲音，話筒另一端的江言一則是沉默了數秒，緊接著回復原本個性的陰冷嗓音響了起來。

「操，宮一刻你是不會先自己報上姓名嗎？浪費我的時間很有趣嗎？」

「聽你在靠杯，我都沒嫌你浪費我時間了。」要不是不想將大好的午後時光全放在和江言一對罵上，一刻早就回敬更大一串髒話，更何況他也清楚這傢伙打電話來找莉奈姊的眞正目的。「情人節不是國定假日，莉奈姊還在補習班上班，你直接晚上去堵人比較快，看要帶去哪裡吃飯隨便你，如果莉奈姊答應的話。記得，十二點前放人回來。」

「……謝了，我下次會送回禮。」也只有在這種時候，江言一會坦率地向自己（認定的）未來小舅子道謝。

將話筒掛回原來的位置，一刻按著頸後扭了扭頭，舉步走上通往二樓的樓梯。

才剛一推開自己的房門，一刻就發覺眼角邊似乎有某道黑影飛快刷過。那速度實在太快了，快得讓他以爲是眼花造成的錯覺。

「什麼鬼……」一刻看著空無一人的房間喃喃地說，接著他注意到自己的電腦螢幕下方還亮著光點，那是螢幕未關的證明。

沒想太多，單純以爲自己忘記關上的一刻走上前，先是移動滑鼠，看是什麼網頁忘了關。

「啊咧？」白髮少年忽地發出個表示疑問的音節，他皺著眉，看著那個被縮到最小的網頁，「臉書？我今天有開嗎？」

抱著滿心的疑惑，一刻繼續下一步動作。他點開了那則網頁，然後他看到了——

那是臉書的個人檔案頁面。

問題是，上頭標示的名字並不是宮一刻，而是喜鵲。

換句話說，這是喜鵲的臉書首頁。

對於喜鵲會使用臉書一事，一刻並沒有感到太驚訝，連織女自己都申請了一個帳號，玩得比家中任何人都還要勤快。他驚訝的是，塗鴉牆上那滿滿的「情人節去死吧」等相關的發言。

情人節是什麼？

情人節最討厭了！

情人節去死吧！

如果不是看見了塗鴉牆最新發的一篇網誌，並且還點了進去，一刻眞的要以爲喜鵲是所謂的情侶去死去死團的強力支持者。

不，就算不是這樣也並沒有比較好。

事實上，一刻甚至後悔自己幹嘛要手賤點進去看了。

塗鴉牆上最多只是充滿著未指名道姓的對情人節的怨恨，但收藏在網誌裡的，根本就是赤裸裸對某人的怨念、怨恨、怨怒的集大成。

對牛郎。

一刻相信，假使牛郎此刻就出現在喜鵲面前，絕對會被她當成標靶練習射鳥羽用。

「幹，未免也太驚悚了……」饒是天不怕地不怕的利英高中一年級老大，也不免因爲那幾乎要具體化出殺氣的文字而打了一個哆嗦。

當機立斷地登出臉書、關掉網頁，一刻才一回頭，撞入眼中的赫然是一抹原本不存在於房間裡的巴掌大身影。

「你看見了……」擁有白瓷般的臉蛋、綁著多條細辮子的少女陰沉著臉，向來古靈精怪的大眼睛裡燃著陰森森的火焰，「你看見了，對不對？」

「什……」被那簡直像鬼火一般的可怕氣勢嚇到，一刻一時竟說不出話。

「我就知道……我就知道你看見了！你這個失禮至極的白毛！」喜鵲的嗓音猛地拔尖，「真不敢相信，會有人擅自偷看別人寫的網誌嗎？你是白痴嗎？你是笨蛋嗎？那是我的臉書，我寫的網誌，我甚至還上了鎖，連織女大人都看不到的啊！該死的白毛、白毛，我就知道你根本是沒大腦，養分全跑到頭髮裡去的渾蛋白毛！」

「我操！白毛他X的惹到妳嗎？啊？」被一連串言語攻擊，一刻瞬間也火大了，他踏前一步，氣勢凶猛如同狂獸，「而且那根本就是老子的電腦，妳這個電腦小偷！」

「啊啊？誰是小偷？你說誰是小偷？」喜鵲也不甘示弱地飛上前，似乎是覺得以自己現今的體型不足以展現氣魄，她周身銀光一閃，頓時化為與尋常人無異的身高，背後翅膀更是猛地張開，「告訴你，你是織女大人的部下，你的東西就是織女大人的東西，所以我只是向織女大人借用電腦而已，才不是向你這個白毛借！居然膽敢偷看我的網誌，我不會原諒你的，就算哭著求我我都不會原諒，你這可恨至極的人類！」

「聽妳放屁！最好老子會哭著求妳！電腦明明就是我的啊，混帳！」

素來互看不順眼的少女和少年，此時更是新仇加上舊恨，說不到幾句瞬間決定就地開打。

喜鵲一手抓住平空浮現的漆黑鳥羽，一手鎖定一刻的衣領，迅速地飛撲過去。

一刻則是左手無名指閃現橘色神紋，一柄細長白針立即抓握在他的五指中。

雙方的速度都相當快，但喜鵲畢竟背生雙翅，加上一開始便先發制人，於是在速度上已壓制了一刻。

一刻還未做出反擊，就感覺到一股重量壓上，整個人頓時背朝地摔跌在地板上。

稱得上劇烈的聲響馬上從未關的房門傳了出去。

「一刻？部下三號？怎麼了？怎麼了？」聽見騷動的織女乒乒乓乓地奔了上來，雖然人矮、胳膊小、雙腿短，但發揮潛力時還是快得驚人，沒一會兒的工夫就奔到了一刻房前。

站在大開的門口處，織女睜大眼、張大嘴巴，頓時是傻了、呆了、愣了。

眼前的畫面是細辮子少女壓坐在白髮少年身上，白髮少年則是躺在地板上。

織女生生抽了一口氣，「部、部下三號，你居然……你是何時和喜鵲有曖昧的？爲什麼妾身都不知道？身爲部下卻對妾身如此見外，太過分了啊啊！」

「過分妳妹啊！妳是哪隻眼睛看見我和這隻鳥有曖昧？」一刻咬牙切齒地怒吼道，一邊還要奮力地用白針抵住那根想要朝自己揮下的尖銳鳥羽。

我操！最好是有人搞曖昧可以搞到拿武器準備互砍的！

一刻才剛破口大罵完，還沒喘口氣，隨即就又驚覺到門口並不是只站著織女一人，在那名細眉大眼的黑髮小女孩身後，赫然還站著三抹人影。

「宮一刻，原來你不是和織女及小染，而是和喜鵲……」蔚可可目瞪口呆，圓圓的眸子瞠得極大。

「一刻，可以詳細說明一下現在的情況嗎？」蘇染輕推眼鏡，雖然嗓音清冷，但有種奇異的魄力，「我堅持。」

「同樣希望詳細。」蘇冉摘下老戴著的耳機，顯然打算更加清楚聽見一刻的說話聲。

「詳細……詳你們這些王八蛋老木！」一刻的臉色由青轉黑，眼中像要噴出了火，「你們是眼睛全瞎了嗎？沒看到老子現在的情況叫作生死一瞬間！」

「織女大人！」一瞧見織女出現，喜鵲立即將注意力全部由一刻身上移轉開來。她抹去鳥羽的存在，迅速地躍離一刻，一個箭步來到織女面前，「織女大人，我怎麼可能跟這白毛搞什麼曖昧？說什麼都不可能的！」

就像是要強調自己所說的，喜鵲還用力地指向正從地板上坐起、吁吁喘著大氣的一刻。忙著呼吸新鮮空氣的一刻暫時沒餘力再吼一聲「老子也才不想跟妳搞曖昧」。

但織女有時最讓人傷腦筋的一點，不是她的任性、獨斷獨行，而是不好好聽人說話。

「妾身明白的，喜鵲。」織女反抓握住喜鵲的雙手，大眼閃閃發亮地盯著她，「妾身知道一定是這麼多人在場，妳沒辦法好好向妾身坦白。這有什麼問題，立刻就讓我等找家有好吃蛋糕和布丁的咖啡店，在沒人打擾的情況下，喜鵲妳就可以盡情地向妾身訴說心聲了！」

「沒人打擾？」喜鵲的眼神亮了，「就我和織女大人兩個人？」

「沒錯！」織女用力地點點頭，「妾身可是好上司呢，當然會好好傾聽部下的話！」

「那太好了，織女大人，我們這就去，就算去再遠的咖啡店也沒關係。」喜鵲欣喜地反握住織女的手，「喜鵲我一定會知無不言地告訴妳的，爲了避免我倆的談話受到干擾，織女大人，妳的手機就請留在這可好？」

「那有什麼問題？」織女豪爽地一口答應。

「太棒了，我們這就走吧，立刻走吧，織女大人。」喜鵲話一說完，就拉起織女的小手，白瓷般的臉蛋上是掩不住、喜孜孜的微笑。

能夠和織女大人相處，又不用看見牛郎那張討厭的臉……情人節眞的是太棒了！

「什……慢著！織女妳不能把妳的手機留在這裡！喂，織女！」一刻卻是猛地嗅到不對勁的氣味，他急忙抄起被遺落在地上的黑莓機，三兩步爬起，但仍是追不上已經被旋風包圍、轉瞬消失的一大一小身影，反倒還絆到了腳，砰地一聲又趴回地板上。

瞪著空無一人的正前方，一刻滿肚子髒話想要飆出，尤其在見到手上抓著的黑莓機開始瘋狂響起，螢幕上閃動的都是同一個人的名字的時候。

牛郎要來接他的妻子了。

一刻說什麼都不想幫忙接這通電話。開什麼玩笑，別人夫妻的事干他屁事啊！更何況他現在也有自己的麻煩要處理。

一刻維持著趴在地上的姿勢，他扭過頭，幾乎是臉色灰白地看著乍看下與尋常無異、但唯有他分辨得出來他那兩位青梅竹馬的眼神是帶著可怖的壓迫感。

響個不停的黑莓機終於停了，接下來響起的卻是一刻的手機。

就算沒掏出手機查看，一刻也猜得出來，鐵定是找不到老婆的牛郎乾脆換打他的手機來問接找人了。

但冥冥中，似乎有股力量嫌一刻的處境還不夠混亂。

「宮、宮同學，可可傳簡訊給我說……原來你和喜鵲……」門口處不知何時又冒出了第四抹人影，褐金色長髮、柔弱的臉蛋、一雙翦翦水眸，居然是左柚。「其實我帶了巧克力想送你，想感謝你之前的救命之恩……可是、可是，我這樣做會不會讓喜鵲……」

事情當然不會只有這樣。

很快地，一刻就發現到他的手機在響，外面走廊上的地板也有人在踩。下一刹那，又一抹修長優雅的身影進入了房間。

今日也是一身暗色西裝，但耀眼度根本是直接破表的牛郎，手持手機，在見到一刻房內擠了那麼多人後先是愣了一下，可是他的注意力隨即就被抓在一刻手中的黑莓機給拉走了。

那是織女的手機，但是織女人呢？他心愛的妻子人呢？

「一刻，織女的手機爲什麼會在這裡？織女到哪兒去了？我已經訂好餐廳，想給她一個驚喜的。」

驚你妹啊！你是沒看見老子現在被包夾嗎？我詛咒你上餐廳就被人報警攔下！

「宮一刻、宮一刻，你房間人越來越多了。唔喔喔，這就叫情人節的修羅場嗎？我立刻叫我哥也來見識見識！」

「那個，宮同學……巧克力我還可以送嗎？要、要是不行的話，眞的也沒關係……」

「一刻，織女究竟是到哪去了？她有告訴你嗎？她一定會告訴你的對不對？」

「一刻，請詳細說明情況。」

「詳細情況，務必。」

看著圍逼在自己面前的眾人——唯恐天下不亂的蔚可可、緊張不安的左柚、一心只想知道自己妻子下落的牛郎，還有氣勢剽悍的蘇染、蘇冉——一刻從來沒有像現在這麼詛咒情人節。

情人節什麼的……眞是爛透了！

〈情人節眞的是……〉完

夏天，全力衝刺！

「小一刻，拜託了！這是我這一生唯一的請求！」

「……啊？」

以上，就是宮家姊弟在假日早晨時進行的第一輪對話，而且地點還是在二樓的廁所內跟廁所外。

將嘴裡剩餘的牙膏泡沫吐掉，頂著一頭凌亂白髮的少年又漱了下口，確定自己可以正常地說話、不用擔心吞下牙膏泡沫後，他握著牙刷的大手一揮，簡潔俐落地再拋出對於自家堂姊提出問題的正式回答。

「滾出去，不要妨礙老子刷牙、洗臉、上廁所！」

語畢，也不等對方再說出任何話，一刻腳一勾，將那張明明已年屆三十，卻看不出歲月痕跡的清秀娃娃臉給隔絕在廁所門外。

「咦？小一刻！等一下啦，小一刻！好歹讓我把話說完再關門啦！」門外立即響起慌張的抗議聲，「而且就算有什麼被我看到也沒問題的，我會用很正直的眼光看待，反正十幾年前該看的也都看過了嘛。」

「看妳老木啦！」一刻鐵青著臉。宮莉奈說得出口，他還聽不下去，「閉嘴，再囉嗦我就連聽也不聽。」

這番威脅顯然是奏效了，頓時就聽廁所門外沒了聲音。

總算獲得清靜的一刻吁了口氣，安心地繼續洗他的臉、上他的廁所，同時內心暗忖到底發生什麼事，會讓他堂姊見到他的第一句開場白就是那個「一生唯一的請求」。雖然他不想吐槽，不過那個「唯一的請求」從N年前就用光光了，下次還是叫莉奈姊換點台詞吧。

確定儀容整理完畢，染有一頭囂張白髮、雙耳掛著多個耳環、眼神和親切溫和絕對沾不上半點關係的少年終於打開廁所門。

一聽見開門聲，蹲在門邊的身影馬上站了起來。

「嚇！幹！」一刻可沒想到宮莉奈會蹲在那，反射性罵了聲髒話，「莉奈姊，妳是想嚇死人嗎？」

「哎？可是，不是小一刻你要我在外面等的嗎？」一頭長鬈髮隨意地用鯊魚夾夾著，身上還穿著大花睡衣的娃娃臉女子困惑地歪了下頭。

「我……算了、算了，重點也不是這個。」一刻揉揉一早就皺得有些發疼的眉心，「妳剛剛那是怎麼了？什麼叫『一生唯一的請求』？妳是要拜託我什麼？先說好，不准拜託我讓妳獨自使用廚房。這不行，他媽的絕對不行。」

一刻警覺地先提出條件，這種例子並不是沒有，那幾次可夠他受了。

別看宮莉奈已經是名成熟女性，她的廚藝天賦和整理能力比小學生還不如，就算說呈負值也不爲過。

「小一刻，你沒有在心底偷罵我吧？」宮莉奈狐疑地瞅著一刻。

「妳放心好了，我要罵都是直接開罵。」一刻環著胸、眉毛挑高、皮笑肉不笑地勾起唇角，「例如某人的房間垃圾、客廳垃圾。」

「啊哈哈哈哈，小一刻你在說什麼？好奇怪喔，我都聽不懂。」宮莉奈露出一派無辜的傻笑，但在瞥見自家堂弟額際疑似有青筋冒出，她識相地趕緊改變話題，以免一大早就看見有人變身成噴火龍。「咳，不是啦，我是說你下午有沒有空？能不能陪我去一個地方？」

「去哪？」姑且讓宮莉奈逃避方才的話題，一刻上上下下地瞄了她一記，「莉奈姊，妳說的唯一請求就是陪妳出門嗎？妳是要去什麼地方？」

「其實是……還是直接把那個拿給你看最清楚了！」宮莉奈扔下話，突然轉身跑回房間。

那個？哪個？一刻越聽越一頭霧水。在宮莉奈還沒跑出來之前，他看了走廊最底端的房間一眼，沒有特別的動靜傳出，顯然那房間的主人沒被他們吵醒。

宮莉奈很快就再度風風火火地衝了回來，雙手朝一刻眼下一伸，五張看起來像票券或折價券的紙張就這麼攤開在他的視野內。

「雅神游泳池……貴賓票？」一刻抽起一張研究，「莉奈姊，妳怎麼會有那麼多張雅神的票？」

「其實這些都是我朋友給我的，雅神游泳池就是他們家開的啦。」宮莉奈看著自己手中的多張貴賓票，沒有欣喜，反倒是傷腦筋地嘆口氣，「小一刻知道吧？雅神游泳池的生意向來很不錯。」

「就算說超好也不誇張。」一刻回想起自己幾次經過那家游泳池的外圍，裡頭滿滿都是人潮，水聲和小孩子的玩鬧聲不斷，「然後呢？」

「然後他們最近的生意一落千丈了。」宮莉奈的表情看起來更加憂鬱了。

「……等一下，一落千丈？真的假的？」一刻懷疑自己是不是聽錯了。現在是夏天，連日來的氣溫都直逼三十五度以上，游泳池的生意怎麼可能會不好？要不是嫌雅神的人實在太多，吵吵鬧鬧的小屁孩也太多，一刻本來也想去那邊游個泳、消個暑的。

「莉奈姊，妳是不是把『一落千丈』和『門庭若市』兩個成語搞錯了？」

「太失禮了啦，小一刻！我可是國文老師耶，才不會弄錯！」宮莉奈挺起胸，像是不服氣自己的專業受到質疑。

「但偏偏就是有辦法將糖和鹽巴弄錯……我還特地買了二號砂糖回來，那可是黃糖耶。」一刻嘀咕道，他都快懷疑宮莉奈的視力是不是出了問題。

「咳咳，那也只是不小心的……真的是不小心。」宮莉奈的語氣立刻變得有點心虛。

「是是是……」一刻用著敷衍的口氣說，擺明就是不相信。「所以爲什麼會一落千丈？一定有原因吧？」

「嗯。」宮莉奈點點頭，雖然是在自己家裡，聲音還是不自覺壓低，「聽說……是出現了色狼和小偷。」

當那兩個關鍵字一出現，一刻忍不住咋下舌。在生意場所出現其中任一種就夠糟了，雅神游泳池居然還同時兩種都出現？怪不得生意會變差，畢竟誰也不想碰到小偷或色狼。

「沒報警嗎？不會是不想事情鬧大，所以沒報吧？」

「報了喔，還調閱了監視器畫面檢查，可是就是找不到任何一個可疑人物，所以警方也幫不上忙。就連受害的女孩子們，也說只感覺到有人摸她們屁股，卻找不出是誰。」

「還眞是越來越玄啊……那又跟妳手上那些票有什麼關係？」一刻像是想到什麼，黑眸倏地凌厲瞇細，「慢著，莉奈姊，妳那朋友該不會是要妳幫忙抓色狼還小偷吧？別開玩笑了，妳敢答應我就沒收妳的零食！」

「不是不是，小一刻你誤會了。」宮莉奈趕緊搖搖手，「詩雲給這些票，只是希望我們有空去幫忙衝個人氣，要是連假日還人少的話，這樣會更沒人願意上門的！」

「……今天就得去嗎？」一刻伸手耙梳下白髮。

「拜託你了，小一刻！你不會忍心拒絕姊姊的請求吧？」宮莉奈雙手合十，眸子閃動希冀的光芒，「因爲貴賓票的期限剛好到今天，雖然詩雲有說沒票的話可以再跟她拿，但是……」

「知道了、知道了，都三十歲了，不要再擺出那種表情。」一刻彈了下舌頭，一手推開宮莉奈的臉，另一手抽走所有貴賓票，「下午兩點，客廳集合，我會再去找其他人來湊人數。莉奈姊，妳先去換下妳的睡衣，頭髮也整理一下。眞是的，也不想想妳是幾歲的人了……」

「也才二十九歲又十一個月又三十一天嘛。」宮莉奈對年紀的說法很堅持。

「那就叫三十歲。」一刻不客氣地給了一個大白眼，他像是趕小狗般對宮莉奈揮揮手，「去去，換完才准下來吃早餐，衣服敢亂丟妳就死定了。」

「才不是亂丟，明明就叫亂中有序……哈哈，我什麼也沒講，我馬上去換衣服。小一刻，我就知道你最好了，姊姊抱一個！」宮莉奈抓準堂弟還來不及拒絕的空隙，兩條手臂迅速伸出，大力地給了他一個熊抱，「啊，要親一個嗎？」

「宮、莉、奈。」當一刻連名帶姓叫的時候，就表示他要發飆了。

宮莉奈「嘿嘿」地笑了幾聲，大力揉亂一刻的頭髮，在對方想要反擊捏住她的臉頰之前，一溜煙地跑回房間裡。

「受不了……她根本是三歲，不是三十歲吧？」一刻忍不住又對著天花板翻下白眼。

「其實我是永遠十八歲唷，小一刻。」沒想到房間裡又冒出了宮莉奈的聲音。

「我操，妳敢說我不敢聽……夠了，安靜換妳的衣服！」要不是房間門關著，宮莉奈看不見，否則一刻還眞想比出一記中指。

十八歲……虧莉奈姊還好意思說出來，明明都過期十二年了！

抓抓被弄亂的一頭白髮，一刻將所有貴賓票隨手塞入口袋，一邊盤算著自己可以找誰湊人數，一邊下樓打算準備早餐。

就在這時候，回復安靜的二樓走廊最底端，忽然有扇房門打開，一顆小腦袋探了出來，烏黑的大眼睛閃閃發亮。

□

既然約好下午兩點出發前往雅神游泳池，那麼找人的事就不能拖太久，得盡快喬定才行。因此一吃完早餐，一刻就先回到自己房裡，繼續研究那五張票該找誰過來一起湊才好。扣掉他自己和莉奈姊，還有三張，然後再扣掉……

「咳咳。」

忽然一陣輕咳響起。

一刻像是沒聽見，依舊坐在床上，兩隻眼睛直盯著攤開的貴賓票瞧。

「咳咳咳。」

聲音的主人不死心加大了音量。

一刻還是連頭也沒抬。

「咳咳咳咳咳咳咳！」

似乎被對方的毫無反應激怒了，聲音的主人就像是較勁般繼續用力咳。

「幹！是咳完了沒？」一刻抓起身邊的抱枕，毫不客氣地就往自己房門的方向扔。

抱枕砸在門板上，發出「砰」地一聲，連帶門外的咳嗽聲也像是被嚇到般一併停住。

但是停頓只是極短的事，下一秒，門板被人大力拉開，一抹穿著滾邊小洋裝的嬌小身影氣勢逼人地出現在門口。

「太過分了，部下三號！一位淑女都咳成那樣了，你居然還不趕快開門安慰她？」明顯就是咳嗽聲主人的小女孩忿忿不平地大喊道：「妾身真是錯看你了，沒想到你連基本的同情心都沒有，你怎麼可以讓妾身失望難過？」

「過妳媽啦！那咳嗽聲一聽就是有問題！」一刻抱著胸，目光移向門口，橫眉豎眼地和寄住在他們家的蘿莉神明對視。

名字是織女，眞實身分也是神話故事中的「織女」，救了因車禍而瀕死的一刻後，就自動自發地賴在他家不走，如今儼然成爲他家的一分子了。

「先不管妳那一聽就知道是硬咳的咳嗽聲，妳喉嚨痛不會去喝溫開水嗎？除非妳想要我帶妳去耳鼻喉科……我告訴妳，織女，妳可是會被醫生拿東西伸入妳喉嚨裡，再拿兩根長棉花棒塞進妳鼻子裡，妳會知道人的鼻腔可以有多深，而且深刻感受到鼻子和喉嚨眞的是相通的！」

最後一句，一刻說得鏗鏘有力。

「哇！一刻你的說明眞具體。」織女睜圓了眼，滿是佩服地說道，「你試過？」

「……那他媽的眞是一場惡夢。」一刻拒絕再詳細說明，以免心靈創傷再次復發，「所以妳在我房門外咳老半天，是咳什麼意思？」

「一刻，不是妾身要說，你眞的是太太太過分了！」織女氣呼呼地鼓起腮幫子，食指用力地指向坐在床上的白髮少年。

「啥小啦，鬼才知道妳在說什麼。」一刻扔了一記白眼過去，「沒事就去樓下吃妳的早餐，老子很忙，沒空理妳。」

「早餐喜鵲去幫妾身端上來了，妾身要說的話可是還沒說完。」織女環視房內一圈，鎖定書桌前的椅子，她爬了上去，接著就像嫌這樣的高度和氣勢都不夠，她又爬上桌子，威風凜凜地站直身體，手臂再次一揮，「聽好了，一刻。你居然想不帶妾身一起去游泳池嗎？不要以爲妾身不知道莉奈有貴賓票，也不要以爲妾身不知道下午兩點就是出發時間，如果敢不帶妾身去，妾身就把冰箱裡的布丁通通吃光光！」

「聽妳放屁，說得一副妳好像以前沒幹過這種事一樣。」一刻鄙夷地冷哼道，又不是不了解這名披著蘿莉皮的神明，「就算帶妳去也還是一樣會吃光光吧？」

「什麼？一刻你竟然不相信妾身嗎？」織女露出受到打擊的委屈表情，她用手指按了按眼角，一副泫然欲泣的模樣。「妾身豈會做那種事？妾身如此善體人意，一定會留下最後一口給你的，大概就三分之一匙這樣吧。」

「留妳妹啊，妳不如不要說算了。」一刻這次是抓起另一顆抱枕扔過去，「還有，善體人意就不要穿著鞋子站在別人書桌上，老子昨天才擦過的！」

織女輕鬆地就躲過這股其實沒什麼威力的攻擊，她跳下書桌，嬌小的身子卻沒有落至地面，那雙小腳懸空浮著。

「眞是的，一刻你太愛計較，是不會受到女孩子歡迎的唷。」織女皺皺可愛的鼻子。

「織女大人說得太好了，像你這種小雞肚腸的男人，一輩子都不會受到女孩子歡迎的哪。」又一道清脆悅耳的嗓音加入，一名荳蔻年紀的細辮子少女端著一碗牛奶玉米片走進，白瓷的臉蛋上鑲著一雙古靈精怪的烏黑眼睛。

來的不是別人，正是「牛郎織女」這則神話中的喜鵲。

「織女大人，我替妳端早餐上來了。」面對織女，喜鵲綻露甜美的笑容，但一面對一刻，那笑立刻成了嘲諷，「哇喔，我看你這人類不止是心眼小、器量小，就連下面也小吧？」

「小妳去死！」一刻火大地站起，男人的自尊豈可受到侮蔑。

他的左手無名指浮現一圈奇異的橘色花紋。

那是神紋，神明賦予神使力量的證明，一刻神紋的賦予者正是織女。

「啊啦啊啦，想廝殺嗎？」喜鵲彎起唇角、手指張開，指間平空浮出四根銳利異常的漆黑鳥羽。

「S、T、O、P，STOP！通通不准打架！」織女瞬間跳了起來，手裡握著湯匙揮舞，「打是情、罵是愛，你們感情太好妾身會嫉妒的！」

「幹，誰跟她感情好？妳這小鬼的眼睛是有問題嗎？」一刻青了一張臉。和喜鵲感情好？光是想像就讓他渾身不舒服。

在這一點上，喜鵲顯然和一刻有著相同的默契。

只見這名細辮子少女露出一臉嫌惡的表情。

「織女大人，妳放心好了，我和那白毛完完全全沒有任何關係的，我和織女大人才是關係最好。」說完，喜鵲的周身白光一閃，她的體型登時回復到平常行動的巴掌大小，背後也出現一對翅膀。拍拍雙翅，她飛至織女的頭頂上，不忘再對一刻做出一個鄙視的鬼臉。

一刻感覺到太陽穴附近的青筋在隱隱跳動，他深吸一口氣，然後一手抓起一個，不帶任何猶豫地將織女和喜鵲雙雙扔到房間外，再「砰」地一聲將房門關上。

沒料到一刻會有此舉動的織女措手不及，手裡還捧著她的早餐，半晌後才猛然反應過來自己被人丟出來了。

「慢著，部下三號！」織女連忙放下她的牛奶玉米片，慌慌張張地拍打著一刻的房門，

「妾身還沒說完話，你不能不帶妾身去游泳！要是你拋棄這麼一個天眞無邪又楚楚可憐的小女孩，你會遭天譴的，而且上廁所還會不順又便祕！」

「誰便祕啊！妳全家才都便祕！」房門「呼」地被打開了，一刻眼神猙獰凶惡，「妳吵死了，我有說不帶妳去嗎？啊？」

「欸？欸欸欸？」織女一愣，隨即睜大眼，「一刻，你要帶妾身去？眞的要帶妾身去？」

「……不想去妳就說。」一刻惡狠狠地瞪了織女一眼。

「沒有、沒有，妾身要去，妾身可是連泳裝都準備好了！」織女那張可愛的小臉瞬間歡欣地笑開來，眸子內像跌入星星般閃動著光芒，「妾身的泳裝很可愛喔，想看嗎？要看嗎？妾身可以勉爲其難……」

「不用、謝謝、沒興趣，完全沒興趣。」一刻截斷織女的話，斬釘截鐵地說道。

「喂，你這白毛什麼態度？」但是這顯然惹惱了喜鵲，她不悅道：「織女大人願意讓你看是你的榮幸，你未免也太不識好歹了？你是哪裡有問題嗎？」

「我要是有興趣才叫有問題，老子又不戀童。」一刻面無表情地說，「隨便妳們要幹什麼去，兩點記得收拾好東西，到客廳集合。」

話聲剛一落下，房門又重新粗魯地關起。

「嘖，這白毛一樣如此失禮。織女大人，我們別跟他去。」喜鵲飛至織女眼前央求，可話說到一半，她的臉忽然皺了起來，「不，等等、等等……」

喜鵲拍拍雙翅，無預警地又飛到一邊去。她待在角落面向牆壁，兩條胳膊環著胸，白瓷般的臉蛋上浮起苦惱。

假使這時候有誰走近她身邊的話，就能聽到她像陷入兩難般地嘀咕著。

「眞不想跟那白毛一塊去，可是去的話，才可以拜見織女大人的泳裝之姿……織女大人的泳裝哪……」

渾然沒留意到喜鵲的喃喃自語，織女在獲得一刻的承諾後，掩不住心花怒放。她捧起自己的早餐，打算回房快速解決掉，就趕緊來整理游泳的必備用品。

泳衣、泳帽、泳鏡都是不可或缺的……還有泳圈和大毛巾……

不過織女才跑出一步，就又因憶起什麼猛然煞住腳步。

「啊，差點忘了！」織女迅速轉過身，空出一隻手，再敲敲一刻的房門。

這次房門很快就被打開了。

「又有什麼事？妳是不能一次說完嗎？」一刻惡聲道，思緒一再被打斷，讓他的不耐指數直直上升，他想安靜地想個事情，難道都不行嗎？

「所以妾身現在就要說了嘛。」織女理直氣壯地挺起胸膛，絲毫不被那臉凶惡的表情嚇到，「一刻、一刻，妾身已經先替你把人都找好了唷。」

「……啊？」一刻差點以為自己聽錯了，「什麼人？」

「那還用說嗎？當然就是一起去游泳的人啦。」織女扳著手指，一個一個地數，「妾身之前就幫你打過電話了，找了小染、阿冉、部下一號、部下二號、花姑娘、可可、阿白、金毛、夫君。除了左柚正在參加妖狐族的三天兩夜溫泉之旅，大家剛好都有空呢。一刻你不用太感激妾身沒關係，偶爾幫忙部下也是好上司該做的事嘛。要是非得感謝妾身才不會覺得過意不去的話，妾身也不會特別阻止的，買個一打布丁就好了。」

瞪著面前得意洋洋、擺明就是想邀功收取獎賞的小蘿莉，一刻用了一個字，代表他此刻發現貴賓票根本不夠用的心聲。

「……幹。」

□

艷陽高照，天空沒有多少雲朵遮擋，戶外溫度毫不客氣地直線上升，已經衝破三十五度的關卡，並且似乎還有持續往上的跡象。走在路邊，還能看見柏油路上熱氣蒸騰，使得遠方景物呈現扭曲的模樣。

在這樣一個熱到不行的夏日裡，又適逢週六，不論哪個地區的游泳池或海水浴場，都會出現人滿爲患的現象才是。

——可是，位於潭雅市的雅神游泳池卻不是如此。

相反地，它的室外游泳池只看得見三三兩兩的稀疏身影，完全讓人感受不到活力，即使說冷清得過分也不爲過。

就連坐在泳池邊的救生員，也是一副提不起勁的懶散模樣，帽子遮著他的臉，加上背光，令人難以判斷他究竟是醒著還是睡著。

趁著沒人注意到的時候，阿瑋又偷偷地摀嘴打了個呵欠。

他是雅神游泳池請來的救生員，不過救生員這名義也是掛好聽的，實際上他只是假日才會到這裡打工的年輕人。

雖然這裡的薪水一般，上班時間又是在假日，但阿瑋還是願意來的主要原因，就是待在這地方能光明正大地讓眼睛吃冰淇淋！

夏天正是泳裝出籠的最佳季節，不論是比基尼、連身泳衣或是小可愛般的兩件式泳衣，穿在年輕女孩身上就是格外有魅力。尤其再襯著豐胸、細腰、長腿，在大飽眼福之餘，往往也可以令阿瑋精神大振。

況且，救生員這職位說輕鬆也算輕鬆，畢竟在游泳池內能發生多少溺水事件？

因此，阿瑋一直相當滿意這工作。

直到最近。

察覺到有小孩子正好奇地盯著自己瞧，阿瑋趕緊將湧上來的第二個呵欠吞下去，特意挺起背脊，裝出一副威嚴的樣子。一等到小孩子失去興趣地轉過頭，他頓時又無精打采地垮下了肩。

不能怪阿瑋毫無幹勁，因爲他打工時最佳的元氣來源通通都消失了。

大熱天下的雅神游泳池，只有小貓兩三隻，以往青春亮麗的女孩子們再也看不到了。

而這一切的起因，就是色狼。

泳池出現色狼，這是最要不得的事。偏偏就算報了警，調閱了監視器，還問了那些受害者，就是無法鎖定出一個可疑人物。

在年輕人之間，消息向來傳得最快，過沒多久，來客量就大幅銳減。加上之前還有客人的錢包被偷，兩種事件加在一起，傷害度無異是相乘，使得雅神游泳池的營業情況更是雪上加霜。

「可惡，到底是哪個渾蛋色狼？我就算很想摸也不敢亂來啊！」阿瑋嘀咕著，隨即瞧見一組像是小家庭的客人從泳池內起身，顯然是游夠了，打算換衣離開。

這下子，一般泳池內的人數更是少之又少。

至於另一邊的深水區泳池就更不用說了，根本是空空蕩蕩。幽藍的水面映著燦爛的陽光，看起來格外孤伶伶。

包括販賣部那兒也是一片安靜，眞的太冷清了。

阿瑋摘下遮陽的帽子和泳帽，稍微讓頭髮透透氣，心裡則是算著剩下的一批客人大概何時會離開。他們都是中午後來的，估計也不會待上太久了。

如果到時候泳池裡眞的一個人也沒有，自己要孤單面對兩座大池未免也太可憐了。

阿瑋不禁為著這即將發生的畫面嘆一口氣。

就在他毫無幹勁、眞的快打起瞌睡時，他聽見售票口的方向傳來了多人的聲音，鬧哄哄的一片，聽起來好不熱鬧。

而且當中還混有女孩子！

居然有年輕的女客人上門了嗎？阿瑋的瞌睡蟲馬上全跑光，他精神一振，迅速地又抬頭挺胸，藉機有意無意地展現他曬得褐亮的皮膚以及結實的肌肉。

過不了多久，售票口外聲音的主人出現了。

一二三四五六七八九……那是一組人數破十的年輕客人！

阿瑋沒想到這時間點還會來這麼一大群團體客，在吃驚的同時，也為著另一件事感到興奮不已。

那就是，在那組新進來的團體客人當中，有一半以上的成員都是女孩子，還是各有特色的漂亮女孩子！

走在最前端的那位，年紀看起來是所有女孩子中最大的，不過其實也才是大學生的模樣。留著一頭波浪長鬈髮，臉蛋白淨又帶著笑容，給人感覺像是親切的鄰家大姊姊。

再來是三名聊著天的女孩，都是高中生的年紀，但三人的外表一點也不輸電視或雜誌上的模特兒。

綁著兩條細長辮子的，雖然戴著粗框眼鏡，可掩飾不住那份清麗知性；肢體語言最豐富的，頭髮蓬鬆鬈翹，像羽毛輕飄飄，一雙大眼睛令人想到可愛的小動物，臉蛋甜美可人。

而那第三名女孩，瞬間看得阿瑋的眼睛都要發直了，他從來沒見過有人眞的可以適合「完美」這兩個字。

那女孩髮長過腰，五官典雅，皮膚雪白，全身散發著高貴的氣質，舉手投足間看得出有著極好的教養，簡直就像是貴族一樣。

阿瑋費了好大的力氣才把目光拔開，要是看得太露骨，很容易會被人發現的，也可能被人當作色狼。

設法穩下內心的激動，阿瑋又往最後兩位女孩的身上望去。

其中一位說是女孩似乎有些太勉強了，那怎麼看都是一個還未發育的小蘿莉。雖然身材平板，但是小臉精緻，整個人像一尊洋娃娃般惹人憐愛。

至於牽著那名小蘿莉的女孩子，又是和其他人不同類型。烏黑的髮絲綁成多條細辮子，白瓷般的臉蛋上鑲有一雙古靈精怪的大眼睛，給人的感覺是刁鑽、喜歡惡作劇。

阿瑋吞了吞口水，這還是他第一次一口氣看見那麼多類型各異的漂亮女孩。他不禁深深地感動起來，還好他今天沒有因爲想偷懶而請假，不然就沒辦法看見這幅美景了。

但下一秒，阿瑋又猛地憶起，扣掉這些女孩子，那組團體客的成員也有一半是男的。

難道……莫非……不是吧？那些正妹都死會、有男朋友了嗎？

這個想法讓阿瑋大受打擊，不過他很快又振作起來。誰說死會不能活標，而且他還有這身吸引人的肌肉，要獲得正妹的青睞不是什麼難事。

這麼一想，阿瑋的心情馬上又恢復。就在他盤算待會要如何上前搭訕的剎那間，他突然驚覺到有兩道銳利的視線射向自己。

視線的主人分別是一名金髮少年和一名年紀較長的黑髮男子。

當阿瑋戰戰兢兢地瞥向他們的臉時，他身體一僵，臉色微微發白。

前者一看就像不良少年，染金髮、戴唇環，眼神陰冷狠毒，令人感覺到自己像是被毒蛇盯住的獵物；後者則是令同性都要爲之慚愧的美男子，假使再穿著西裝，就算被誤認成男公關也不稀奇。

不管是前者或後者，他們的眼神都明明白白地寫著「別打我女朋友的主意」。

阿瑋這次是因爲緊張而呑了呑口水，他迅速地挪開視線，假裝自己正專心地盯著泳池內客人的情況。

那兩人的魄力太可怕，他絕對不敢去跟他們的女友搭訕。

但是其他人……應該就沒關係吧？自己只要小心別找錯對象，就沒問題了吧？這麼說起來，最有可能是他們女朋友的……

金髮少年應該是跟戴眼鏡的長辮子女生配吧？漫畫上都有說過，不良少年向來是搭資優生女友的；至於那位美男子，從年紀來看，他的女朋友應該是那位女大學生。

將這兩位女性劃分到不可動的範圍，阿瑋眼觀鼻、鼻觀心，繼續裝著自己在認眞工作，一顆心則是忍不住開始期待待會兒的泳裝美景。

□

就算在他人眼中，他的身邊圍滿了漂亮的女孩子，就算這些女孩子們待會兒就要換上泳衣，但是宮一刻的心裡完全沒有半分高興的心情。

不，這不代表他對女性沒興趣。他未來的人生夢想就是和可愛的女孩子結婚，再生幾個可愛的孩子。

問題就在於，他身邊的這些女性，就算說一個比一個麻煩也不為過！

青梅竹馬的蘇染有跟蹤狂屬性；蔚可可呱噪又天兵；喜鵲毒舌；織女的腦袋只有布丁和欺壓部下；而他的堂姊宮莉奈，則是遲鈍兼神經大條，對江言一的明示暗示渾然不覺。

最正常的花千穗已經有尤里這個男朋友，最大的興趣就是三餐加下午茶加宵夜送吃的給尤里……把男友從清秀苗條體型餵成一顆球好像也不正常？

平常面對一個，一刻已經覺得很棘手，現在卻要一口氣面對全部，他都覺得自己的神經快斷裂了。

「織女，不要再研究那些置物櫃！快給我滾進更衣室換妳的泳衣！」

「靠杯啦！我是叫織女進去不是叫你也跟著進去！牛郎，你他媽是看不懂『男』跟『女』怎麼寫嗎？」

「幹！蔚可可，把妳的腦袋縮回去！不准偷窺男生更衣室！蔚商白，你是不會管你妹嗎？X的為什麼是我管？」

「夏墨河你也給老子站住！你不要連更衣室也走錯！你要去女的那邊才……」

一刻忽地吞下話。

「一刻同學，我本來就是男孩子哪，進去女生更衣室會被人當色狼的。」夏墨河露出傷腦筋的微笑，「而且我今天穿得很一般呢。」

「……是我一時口誤，啥事都沒有，你進去吧。」一刻抹了把臉，將頭抵上置物櫃。連游都還沒開始游，他卻已經感覺到無比疲累了。

「一刻大哥，辛苦了，不過還是要感謝你找我跟小千來。」尤里同情地看著有氣無力的白髮少年。

「既然知道我辛苦，是不會幫忙一下嗎？」一刻惡狠狠地說。

「不行、不行，今天小千在，我不能亂跟女孩子說話的！女朋友的心情最重要嘛！」尤里正氣凜然地說完就一溜煙跑進了更衣室。

「幹，一聽就是唬爛……」要不是尤里跑得快，一刻一定會一腳踹上他屁股的，「蘇冉，你還杵在這做什麼？其他人不都進去了？」

「看有什麼忙是我能幫的。」黑髮藍眼的俊美少年說。

「你只要別趁機拿手機偷拍就是幫最大的忙了，給我滾進去！」一刻這次是一腳踢向蘇冉的屁股。

確定男女兩方人馬都進入更衣室換下衣服，一刻耙了耙頭髮，坐在長椅上，將臉埋進兩隻手裡，有些後悔自己爲什麼要答應宮莉奈的要求了，弄得他像帶著一串粽子出門。不，追根究柢還是織女那丫頭的錯，假使她沒偷打那些電話，事情也不會演變成這局面了……

可惡，他忽然超羡慕左柚跑去參加什麼溫泉之旅！

「啊啊，煩死人了！」一刻暴躁地大叫。

「你是太缺鈣脾氣才會差吧？」隨著一道堅冷男聲落下，一個冰冷的物體也貼上一刻的手背。

一刻抬起頭，「蔚商白？你換的速度也太快了吧？」

「只不過是脫個衣服，需要慢到哪去？這給你。」只著一條泳褲的高個子少年將手裡拿的飲料再推向前。

一刻一看，發現是草莓牛奶，那粉紅色的紙盒立即讓他的心情稍微好一點。

就算脾氣差、外表凶惡，但一刻其實喜歡玩偶、串珠、吊飾、粉紅色。總歸一句話，他的喜好相當少女就是了。

「謝了，多少錢？」一刻接過草莓牛奶，打算掏出零錢。

「當作你管教可可的道謝費。你也進去換一換吧，除非你想這樣下水我也不反對。」蔚商白向更衣室一抬下巴。

「鬼才要這樣下水，等等來比一場吧？看誰游得快。」一刻站了起來，將蔚商白給的謝禮一飲而盡。他滿足地嘆口氣，再對蔚商白露出一抹挑釁的笑容，「不過老子賭輸的是你。」

「是嗎？別忘了我可是湖水鎮的人，游泳可是從小就必備的技能，你以爲我眞的會輸你？」蔚商白挑起俊逸的眉毛，居高臨下地看著比他稍矮的一刻，唇角掛著冷笑。

兩名少年之間似乎有競爭的火花擦出，沒想到就在這時候，一道哼著歌的稚氣聲音進入了他們耳內。

那首歌的調子是大部分人都耳熟能詳的「兩隻老虎」，然而那歌詞內容……

「兩位美女、兩位美女，都愛咱、都愛咱。一個胸部大大，一個美腿長長，咱喜歡、咱喜歡。」

這簡直像是性騷擾的歌詞讓一刻不由得黑了臉，甚至令他反射性想起一個人。他迅速扭頭尋找歌聲來源，這才發現另一邊的置物櫃前，不知何時蹲著一抹矮小身影。

黑髮東翹西翹，像是不肯好好梳理，脖子處綁了一撮小馬尾。就算沒有頭生金色雙角，但那身形怎麼看怎麼眼熟……

「畢宿？」

「啊咧？誰叫咱嗎？」蹲在置物櫃前的人影抬起頭，露出一雙吊吊的大眼睛，而那眼睛在瞧見一刻和蔚商白時，頓地也瞪得大大的，「宮一刻？淨湖守護神的神使？你們怎麼也在這？」

外表看起來像粗野小男孩，但實際上是女孩子，眞實身分爲「牛郎織女」中的金牛星的畢宿，對於一刻他們的出現可說是大吃一驚。

「難道你們是要來跟咱搶這裡的美女嗎？不行、不行，這裡的漂亮大姊姊全部都是咱的！

咱可是一個也不會讓！」

「讓妳妹啦！妳的腦袋眞的只有女人嗎？」一刻鄙夷地看著明明是女的，卻比任何男性都還要熱愛女性的畢宿。

「什麼？你是白痴嗎？當然不止啦。」畢宿昂起頭，用更加鄙視的眼神迎視回去，「咱告訴你，咱的腦袋裝的東西可多了，有幼女、美少女、熟女還有人妻！」

……幹，結果都是女人嘛。一刻連吐槽也無力了，覺得和這丫頭認眞的自己眞是笨蛋。

畢宿才不管一刻他們怎麼想，男人從不在她的在意範圍內。她的眸子滴溜一轉，瞬間因爲聯想到什麼而雙眼放光。

「咱知道了！」畢宿歡呼一聲，食指用力指向一刻，「宮一刻，你來的話，蘇家雙子也一定會來。男的不重要，但女的不在你身邊就一定還在更衣室！天啊，運氣好，說不定還有織女大人、你的漂亮堂姊、另一位淨湖守護神的神使？開什麼玩笑，咱走過路過都不會錯過的！咱這就來了，咱的夢幻花園！」

畢宿鞋子一踢，也不管有沒有放進鞋櫃，心花怒放地就要衝進女子更衣室。

如果這時候仔細觀察她的眼睛，就會發現那裡頭只刻了「美女」兩個字。

「我操！誰准妳進女子更衣室的？」一刻大驚，眼明手快地攔下那抹矮小身影。卻沒料到畢宿的身子異常靈活，輕易地就避開了那隻想要妨礙她的手臂。

不過避得了第一道關卡，畢宿也沒想到還會有第二道關卡。

另一隻長臂飛快地自旁橫出，一把就抓拎住畢宿的領子，將她提得高高的。

出手的不是別人，正是有著身高優勢的蔚商白。

「年紀小並不是用來正當化偷窺行爲的理由。」湖水高中的糾察隊大隊長表情嚴厲，語氣森冷，「小時就不學好，長大了還得了。」

畢宿愣了一愣，緊接著氣急敗壞的扭動身子，小腿亂踢，「渾蛋、渾蛋，咱爲什麼就不能進女子更衣室？咱偷窺也不犯法，咱可是女的啊！你們到底要咱重複多少次，你們那沒用的漿糊腦袋才能聽進去？咱、是、女、的！」

「……啊。」一刻和蔚商白難得異口同聲。

雖然早就知道畢宿是女的，但畢宿的外表和宛如小色狼的言行，時常令他們忘記這個事實。

「受不了，你們不止是渾蛋，咱說你們還是蠢蛋！」趁著這個瞬間，畢宿掙脫了箝制。給了兩名少年怒氣沖沖的一眼，她拍拍衣服，大步地走向女子更衣室。

她又被攔下來了。

「這次咱又是怎麼了？」畢宿氣憤地一手扠腰，一手揮舞抓著的泳衣，「宮白毛，你夠了沒啦！」

「就算妳是女的也不准進去。」一刻抓住畢宿的衣領，不給她再有掙脫的機會，直接拖著她進男子更衣室，「妳絕對會偷窺，百分之兩百會偷窺，而蘇染反射性也絕對會把妳當男的對付。不想被蘇染宰了就乖乖地跟我進來，我會等妳換完再放妳走。蔚商白，其他人出來的話就叫他們先過去吧。」

「不要！咱不要啊！咱才不要看硬邦邦的男人身體！咱想看的是女孩子的胸部啦！嚶嚶……咱的眼睛會爛掉的，咱金牛星．畢宿的眼睛眞的會爛掉啊啊啊啊——」

□

阿瑋等那組團體客換好衣服出來等到都快睡著了。

這之中，又有一組客人離去。這下子，他眞的是獨自面對著兩個空無一人的大池子。

不過阿瑋的心情已經完全不若最初的毫無幹勁，他知道自己只要再多等待一會兒，就會見到此生難忘的美景。

爲了能擁有更好的觀看角度，不讓自己錯過任何一幕精彩畫面，他還特地調整了椅子的位置，使之落在更衣室方向的正對面。這樣不但可以同時一覽一般泳池和深水區泳池的情況，也可以看見從更衣室裡走出來的每一道身影。

好不容易，阿瑋終於聽見了屬於小女孩的興奮歡呼聲傳來。他精神大振，知道是那名像洋娃娃的小女孩要跑出來了，馬上聚精會神地緊盯著正前方不放。

果然，最先跑出的是那抹嬌小人影。穿著可愛風的連身泳裝，裙襬和領口綴著荷葉花邊，腰間還套著一個鴨子造形的游泳圈。

「太棒了，妾身第一！妾身就不客氣了！」那名小女孩喊出了古怪的自稱詞，旋即就是三步併作兩步地衝上前，跳進沒有人的一般泳池內，濺起了大大的水花。

「等一下！泳池內不可以……」阿瑋慢半拍地想起不能跳水的規定，急忙想大聲警告，但緊接著出現的第二抹身影吸走了他的注意力，讓他錯過了機會。

第二位出現的，是來時牽著那小女孩的細辮子少女——她的頭髮如今當然都包在泳帽內。只見穿著運動型泳衣、勾勒出苗條好身材的少女也是快步地奔向泳池，靈活地屈膝一躍。

阿瑋以為自己眼花了，那瞬間他竟然看見那名少女的背上好像伸展開一對漆黑的鳥類翅膀。

他趕緊揉揉眼，定睛再一看，已經游到小女孩身邊的少女背上當然什麼也沒有。

阿瑋鬆了一口氣，心想果然是光線折射才會造成那樣的幻覺。

不對！現在不是在意幻覺的時候，他忘記吹哨警告了啊！在游泳池跳水不但危險，還可能危及他人安全。

阿瑋立刻抓起掛在胸前的哨子，將哨口放至嘴邊，打算若是有第三人再犯，就馬上不留情地吹哨警告。

第三位出來的依舊是女子組的一員，是那名像小動物活潑可愛的女孩子，她的淡綠色泳衣是很適合她的甜美路線。

她一看見泳池內有人，登時也是興奮地快跑上前。

阿瑋看得出來對方也想跳進泳池，他準備好要隨時吹哨了。

可是事情卻出乎他的意料。

那名可愛女孩沒有跳，她站在泳池邊，猶豫地盯著水面看，一副躊躇不前的模樣。

阿瑋的雙眼頓時一亮。那名女孩子該不會是不會游泳吧？

太棒了！這樣他知道能用什麼理由找她搭訕了。

可惜阿瑋美好的幻想下一刻就全碎了。

「可可，妳怎麼不跳下來？很有趣的啊，妾身可以保證呢。」

「不是啦，織女大……呃，總之就是這樣的高度太矮了。我在我們那兒，都是從幾公尺高的地方跳下來的。下次我帶妳到淨湖跳跳看，會上癮的喔。」

幾……幾公尺高嗎？阿瑋不是笨蛋，光聽這些訊息，他就明白那女孩不是不會游泳，而是相反地泳技高超，否則一般女孩子哪敢從那種高度說跳下就跳下。

失望地把擬好的正妹搭訕計畫揉成一團扔掉，阿瑋放下哨子，重新靠回椅背。不過接下來陸續走出的曼妙身影，讓他反射性地又彈起背。

是最後那三名女孩子。

沒有戴眼鏡的長辮子少女露出清麗臉孔，黑色的泳衣和她很相襯，一點也不會老氣，反而增加神祕氛圍。

另一位氣質高貴的少女即使換上泳衣，也依然像位大小姐般，雪白的泳衣完完全全就是爲了烘托出她的高雅。

即使兩名女孩都搶眼得讓人目不轉睛，可是阿瑋私心還是最欣賞那名女大學生。

是比基尼！她穿的可是比基尼啊！

胸部豐滿，腿長又漂亮，那副好身材才眞正是讓人看了移不開視線！

可惡啊，爲什麼那位正妹偏偏有個帥到不行的男友……阿瑋只要一想起那個讓同性也相形見絀的美男子就深感扼腕。

別說是搭訕，他連和那個男人比的勇氣都沒有……

□

還沒踏出更衣室，畢宿就已經聽見水聲和多人的笑鬧聲。這使得她愈發心癢難耐，巴不得一個箭步衝出去——如果沒有那隻揪著她領子的手的話。

「喂，宮一刻，你動作快點，咱都等不及了啦！」畢宿連聲催促，「你再不快點，咱就要變回原形衝出去了！」

「衝妳的蛋啦！妳是對女人有多飢渴？」一刻黑著臉罵道。

「說什麼話？咱又沒有蛋，除非你要給咱，而且咱只是對漂亮女孩子抱持著博愛的精神。」畢宿伸出食指，老氣橫秋地對著一刻搖了搖，那眼神就像是在說「你看看你」。

一刻被畢宿的話堵得啞口無言，尤其在發現那名粗野得像名男孩的女孩，居然認真地瞄向了他的下半身後，他背後一寒，罵了聲幹，一掌拍上那顆頂著亂髮的小腦袋，要她趕緊出去。

只是一刻怎樣也沒想到，才踏出更衣室幾步，會讓他看見更加啞口無言的畫面。

偌大的兩個池子都不見其他客人，明顯是在他換穿泳褲時走光的。唯一一名救生員不知道在搞什麼，兩隻手抱著腦袋，眼睛沒有盯著泳池內的情況，看起來簡直像陷入自己的世界。

不，鐵定是陷入自己的世界。

一刻敢如此斷言，否則那傢伙就不會對現在的場面毫無反應。

「馬的，就不能不給我惹麻煩嗎？」一刻惱怒地彈下舌，也不管畢宿，他大步地走向一般泳池。

女子組的成員們都已在泳池裡玩得不亦樂乎，織女、蔚可可和宮莉奈根本就是玩瘋了。就連個性同樣沉靜的蘇染與花千穗，也互相比試起泳技。

但這些都還不是一刻在意的。

手裡抓著泳帽、泳鏡的白髮少年深吸一口氣，他來到沒有下水就坐在休息區椅子上的蘇冉身邊。

「那兩個那樣多久了？」

「五分鐘前開始。」即使耳內還戴著耳機，也不會妨礙蘇冉聽見一刻的聲音。他抬起頭，視線輕易地就鎖定住一刻所說的對象，「沒人想阻止。蔚商白、尤里在深水池。夏墨河、江言一買東西。」

三句毫無關聯的句子，一刻卻可以明白蘇冉的意思。

他是指「那兩個人」的情況，沒有誰想插手阻止；而男子組的其他成員，蔚商白、尤里跑去深水區泳池游泳了，江言一和夏墨河則是到販賣部去。

「是嗎？你等等也下來。來游泳池就是要游泳，在這聽什麼音樂。」扔下這句話，一刻這次終於走向了那兩人。

——喜鵲和牛郎。

細辮子少女待在泳池裡，唇角含笑，只是那笑並非是親切微笑也不是甜美含笑。而是冷笑。她的手臂舉起，成了一個攔阻的手勢，指間赫然還夾著數根黑色鳥羽。至於她攔阻的對象，無論怎麼看，就是站在泳池邊上的黑髮男子。

剛一走近，一刻就能聽見喜鵲那清脆悅耳的嗓音吐出了：

「不好意思哪，牛郎大人，這邊是禁止男人下來的，尤其是黑髮、桃花眼還有著討厭笑容的男人唷。喜鵲我可不想讓織女大人待的泳池被弄髒哪。」

……靠，還是老樣子，有夠毒舌。一刻咋舌。

但牛郎對這分明是針對他的話語，卻依舊是一如往常地露出溫柔微笑。

「喜鵲妳對織女的忠心我相當了解，也相當感謝呢。不過我的妻子最喜歡的正巧就是黑髮、桃花眼的男人，我想不用我再說明白一點，她最喜歡的當然就是我了。既然如此，『喜鵲』不就要趕緊讓『牛郎織女』見面？」

幹，原來這邊這個也不輸人。一刻睜大眼，沒想到牛郎也可以不相上下地反駁。

「啊啦啊啦，說什麼傻話呢？牛郎大人，您是痴呆了不成嗎？『牛郎織女』中的『喜鵲』當然是以阻止兩人見面為己任的。」喜鵲的冷笑變成了獰笑，指間的黑羽毛在艷陽下卻折閃出森寒的光芒，「不如您再將這泳池當作銀河如何？想見織女大人，就先過銀河，勝過喜鵲我再說！」

「假使妳執意如此，那麼……」牛郎的微笑仍在，但一雙狹長的桃花眼瞇起，身周的氣勢似乎正在改變，「我也就不會客……」

「客你老木啦！」一刻的青筋迸起，他毫不客氣地將牛郎一腳踢進泳池裡，「廢話那麼多是說三小？要下去就給老子下去！」

「他已經下去了，一刻。」將耳機和手機留在桌上，也走上前的蘇冉拍上一刻的肩膀。

跌入泳池裡的牛郎濺起巨大的水花，和他距離最近的喜鵲則早在看見一刻出腳時就敏捷地往後退去，不讓自己被波及到。

雖然牛郎造成的水花聲勢浩大，但一刻的那聲大罵才真的如平地一聲雷響起。不但引得深水區泳池的尤里和蔚商白探出半個身子探望，連原先沉浸在自己世界裡的救生員也嚇了一跳，猛然回神。

阿瑋一眼就看見一刻那頭囂張炫目的白髮，他瞪大眼睛，現在才發覺到這組團體客裡居然還有這麼一名凶神惡煞的不良少年。

糟糕了！這樣的話，那名不良少年的女朋友也千萬不能隨意搭訕，一定要小心觀察他的女朋友到底是哪位才行！

全然不知道救生員阿瑋的心思，也沒興趣多留意對方，一刻冷酷地俯望從水裡狼狽站起的牛郎。

「要打不會滾去雅神外打？你們兩個他媽的都幾歲了？靠，根本比幼稚園小鬼還不如！」

「咳！咳咳咳……一刻，下次難道不能出聲提醒一下嗎？」牛郎抹去臉上的水，神情委屈。

那模樣足以激起絕大多數女性的保護欲，可惜一刻不吃這套。

「噗哈哈！這模樣倒是很適合你呢，牛郎大人。」喜鵲才不將一刻的凶狠表情看在眼裡，她不客氣地嘲笑起牛郎，「織女大人，妳一定不會喜歡一個狼狽的落湯雞，對吧？」

「哎？不管怎樣的夫君，妾身都喜歡喔。」套著鴨子游泳圈的織女在蔚可可和宮莉奈的幫忙下，快速地游了過來，「濕淋淋的夫君很性感啊，喜鵲這樣穿也很棒。」

喜鵲本來正因爲織女的前半段話而變了臉色，暗惱著自己怎麼反而幫牛郎製造了加分的機會。可是對方的最後一句話，登時又使得她的心情像乘坐雲霄飛車來到了最高點。

「咦？我這樣穿很棒嗎？織女大人這樣覺得啊……」喜鵲忍不住捧著臉，獨自陷入了欣喜中，本來針對牛郎產生的險惡氛圍一下也化成了粉紅色泡泡。

「織女……」大受感動的還有牛郎，他張開雙臂想抱住那抹嬌小身影，但織女卻是靈活地繞過他游到泳池邊，小手搭在地面上。

「部下三號，你太慢了吧？妾身跟莉奈她們都游過好幾輪了！」織女鼓起腮幫子，那語氣與其說像在指責，倒不如說更像在抱怨一刻爲什麼不早點過來陪她。

「屁啦，憑妳那小短腿，連一圈都游不到吧？」一刻鄙夷地瞄了織女水面下的腳，還有她的小鴨游泳圈，「幹，都不知道老子有多辛苦……」

一刻想起他和畢宿在更衣室裡的追逐戰、攻防戰、壓制戰，緊接著慢半拍地發現到一件事。

對了，畢宿那丫頭呢？怎麼沒聽見她的聲音？

「一刻，你在找她嗎？」蘇染的聲音忽然插入。

一刻下意識尋聲望過去，這一看，他的臉色都青了。

穿著條紋連身泳裝的畢宿正被蘇染抓著領子……抓著領子也就算了，那把刀是怎麼回事啊！

「靠么啦！蘇染，妳是不怕被別人看見嗎？還有妳的臉！」一刻為免遠方的救生員繞過來他們這方向，他壓低聲音，咬牙切齒地低吼。

蘇染現下的模樣，要是讓一般人撞見了，鐵定會引起軒然大波。

那張清麗的臉龐上，右頰烙著大片鮮紅花紋，猛一看如同烈焰奔騰。在她右手上則是握著一把赤色長刀，刀鋒還不偏不倚地抵在畢宿脖子前。

「放心好了，一刻，現在的角度我都有計算過。」相較一刻的反應，拿刀架人脖子上的蘇染相當冷靜，「而且還有千穗站我後面，那救生員看不見的。」

「能幫上朋友的忙，我很開心。」花千穗淺淺一笑。

不，問題不在這裡好嗎？一刻已經快要沒力氣吐槽了。

「嚶嚶……宮一刻，你快救咱，咱絕對沒有抱持任何邪念的……」礙於眼下有把刀抵著，畢宿不敢隨意掙動，她哭喪著小臉，連吊吊的大眼睛也沒了銳氣，「咱明明就很正直……咱只是很正直地想摸小染的胸部嘛！」

「我操，妳乾脆被宰掉算了。」一刻用著最冷酷的聲音說。

「看樣子，我們離開的這段時間發生了一點事呢。」

一刻的背後冒出一道笑吟吟的中性嗓音。

一刻回過頭，果然瞧見夏墨河偕同江言一回來了，他們兩人手上都抱著瓶瓶罐罐。

「看什麼？不是給你的。」江言一瞥了一刻一眼，隨即素來陰冷的聲音在面對宮莉奈時，就變得拘謹有禮，「莉奈姊，我買了飲料過來。太陽那麼大，還是先補充一下水分吧。」

「眞是太感謝你了，小江。」宮莉奈回予一記燦爛的笑容，「多少錢？莉奈姊之後拿給你。」

「不用給沒關係，就當邀請我來的謝禮。」江言一被那笑容炫花了眼，心臟撲通撲通跳。

一刻翻了白眼，完全不想看一名不良少年心頭小鹿亂撞的模樣。

「哎？可是打電話的是妾身唷，謝禮不應該是要給妾身嗎？」織女抱著自己的小鴨游泳圈，小腿踢晃幾下。

「織女大人的份在我這呢。」夏墨河柔聲說道：「其他人的也是，尤里你們也過來吧。」

「萬歲！墨河你是好人！」尤里迅速爬上岸，其身手之敏捷，與他的身材成反比。「小千，我們去那邊坐吧。」

「嗯，尤里要吃便當了嗎？我去拿來。」花千穗問道。

「喂，你們游不到半小時吧？吃什麼……算了。」一刻揮揮手，不想多管那對甜蜜蜜的情侶。他看見大夥都從泳池內陸續上來，卻還有人待在水裡。「蔚可可，妳還傻著做什麼？」

「我……我只是不小心看傻眼啦。」蔚可可拍下臉頰，再晃晃頭，「怎麼辦啦，宮一刻，夏墨河就算只穿一條泳褲，還是像王子一樣帥啊！」

「……誰管妳啊？」一刻後悔自己幹嘛多此一舉地問了那句話，「喂，蔚商白，把你妹認領走啦。」

「放她自生自滅沒關係，她的飲料我會替她處理的。」從蔚商白的方向不冷不熱地飄來這句。

「啊！哥你是豬頭！不要連人家的飲料都搶啦！」蔚可可馬上哇哇叫地爬了上來，說什麼都要捍衛自己的福利。

一瞬間，泳池裡又變得空空蕩蕩。

一刻也走到休息區的位子上，接過蘇冉遞來的運動飲料。

「一刻快看妾身！你剛都沒仔細好好地看，對吧？」脫掉游泳圈的織女啪噠啪噠地跑過來，她摘下泳鏡和泳帽，得意洋洋地雙手扠腰、挺起胸，「看吧看吧，妾身的泳裝很可愛對不對？」

一刻認眞地從頭打量到腳，再從腳打量到頭，他給了一個評論：

「妳的圓肚子跑出來了。」

「呀──討厭！你是在看哪裡！」潔白的小臉漲紅，織女反射性地以手遮肚，「淑女才沒有那種東西！」

「是妳自己叫我看的……好痛！馬的，誰打我？」摀著無故遭到搧打的腦袋，一刻惡狠狠地轉過頭，看見的卻是板著臉的宮莉奈，「莉奈姊……？」

「小一刻，不是說不可以在織女面前罵髒話嗎？」宮莉奈伸出食指，拿出說教的姿態，「還有，要好好地讚美人家女孩子才對。織女的泳衣可是和我的一起挑的唷，那可是連專櫃小姐都讚不絕口的超可愛款式！」

「和妳的？莉奈姊，妳上個月不是才說找不到泳衣，買了件新的……這次怎麼又買一件？」一刻的眼睛危險地瞇了起來。

「因爲之前買的我又找不到了，眞奇怪，我的房間一定有小精靈把東西藏……啊哈哈哈，沒事，小一刻你什麼也沒聽見的。」發現自己差點說溜嘴，暴露出目前房間的凌亂度，宮莉奈趕忙改口，她拉過織女，「所以啦，小一刻，我們兩人的新泳裝看起來還不錯吧？」

一刻沒有戳破堂姊想要轉移話題的心思，反而依言又上上下下地將那一大一小打量一遍，然後再轉過頭對著不知何時就站在一旁的江言一和牛郎說：

「……喂，你們的鼻血都流下來了。」

□

阿瑋看見休息區那似乎又發生了什麼騷動，他心裡好奇不已，可是又不便上前。畢竟那群團體客大多仍是笑笑鬧鬧的，不像是眞的碰上麻煩。

沒過多久，就見到那群客人又分散開，各自往一般泳池和深水區泳池而去。女孩子們大多是在一般泳池，男孩子們則是選擇深水區泳池來比拚泳技。

見此，阿瑋立刻覺得眼下是個大好機會，要搭訕就趁現在，他馬上從椅子上站了起來。爲了賣弄自己一身褐亮結實的肌肉，他還特地伸展著手臂、轉轉脖子，以吸引泳池內眾女的目光。

只不過轉到一半，他的脖子忽然停住不動了，視線停在某個點上。

阿瑋看的是休息區，那裡其實還有兩個人在。一個是令他相形見絀的美男子，一個是可愛得像個洋娃娃的小蘿莉。

兩人的感情看起來相當好。

小蘿莉坐在美男子的腿上，讓他餵著自己吃冰淇淋，乍看之下讓人不由得猜起兩人是不是兄妹……當然父女也不無可能。

可是如果這樣的話，也不至於讓阿瑋身體僵住，表情目瞪口呆。

阿瑋偏偏就是看到了，他看到了美男子用手指幫小蘿莉抹去嘴角的冰淇淋不說，還低頭舔了她的嘴角一下……

幹！這裡有戀童癖變態！

阿瑋馬上將把妹計畫拋到一旁，身為一個有道德、有良知、有正義感的好救生員，他說什麼也不會任憑那可愛的小女孩陷入狼爪還不自知。

主意打定，阿瑋毫不遲疑地從掛在椅背上的外套口袋找出手機，手指用力地按下了三個數字——

1、1、0。

□

「噗哈！」

一刻從水裡探出頭來，大口地吸一口氣，再轉頭看向兩側。

泳池的底端除了他以外，還站著兩個人，分別是蘇冉以及蔚商白——他們三人在比賽看誰游得快。

「喂，夏墨河，結果呢？」一刻皺起眉，仰頭望著蹲在池邊負責充當裁判的秀麗少年。

「很遺憾呢，一刻同學，蔚同學還是快了你一點點。」夏墨河托著腮，露出惋惜的笑容，「不過你和蘇冉同學就是平分秋色了。」

「嘖，結果還是輸你這小子嗎？」一刻將泳鏡拉起，露出一臉懊惱的表情。

「我不是說了嗎？湖水鎮的孩子從小就會游泳，我們可都是將湖當作游泳池的。」蔚商白也拉起泳鏡，「就算是可可那笨蛋，游泳方面估計也贏過你。」

「咦？什麼？哥，你有叫我嗎？你不是在偷罵我吧？」相鄰一條走道的一般泳池裡迅速冒出蔚可可的腦袋。

蔚商白瞄了妹妹一眼，面無表情地嘆口氣，「那種事我會光明正大地做。」

「對喔，這樣說也是……」蔚可可傻愣愣地點下頭，下一秒才恍然大悟，「不對啦，這樣根本更討厭了啊！就說人家是天才了，幹嘛每次都要罵……小染？」

眼角瞥見一抹黑色身影接近，再越過自己俐落地上岸，蔚可可停下抱怨，訝異地看著蘇染也走向深水區泳池。

「蘇冉。」蘇染低頭，俯視那張和自己極爲相似的臉孔，「比一場？」

「好。」蘇冉點點頭，「輸的今天睡一刻房間地板。」

「幹，你們是當我死了嗎？我的意見呢？」一刻黑了臉，但同時也心知自己就是拿這兩名青梅竹馬沒辦法。

「請問我也可以參加嗎？」夏墨河笑容可掬地舉起手，「啊，我只是想和蘇同學你們比比看，眞的沒別的意思哪。」

「那我來當裁判，就交給我吧！」一見有熱鬧可看，蔚可可立即自告奮勇地湊了過來，還不忘煽動自家老哥，「哥、哥，你也參加嘛！我們不要賭宮一刻他房間的地板，我們可以跟小染他們賭下禮拜宮一刻是去他們家還是來我們家啊！」

……太好了，這群傢伙還眞的都當他死了嗎？他什麼話都還沒說吧？一刻默默在心中將羚羊趕來趕去，放棄再對那群顯然忘記當事人就站在這裡的人說任何話了。

將場地留給準備進行比賽的蘇染等人，一刻雙手一撐，從水中起身。他扯下泳帽及泳鏡，任憑水珠滴滴答答地落下，大步走向放著自己飲料的桌子。

一刻當然也瞄見牛郎和織女親親熱熱的畫面，他嘴角抽了抽，強迫自己挪開視線，並且在心中默唸數次「他們是夫妻，織女只是披著蘿莉皮，她年紀不小了」，以免自己又想報警抓變態。

嗯？等等，他好像真的聽見警笛聲？

一刻愣了一下，下意識抬頭張望，想確定自己是不是聽錯了。

果然不是錯覺，附近確實響起了警笛，而且那聲音還離雅神游泳池越來越近。

由於游泳池是戶外露天的，四周只有矮牆環繞，因此一刻可以輕易地望見外頭景象。

隨著警笛聲增大，一刻也看見一輛警車開近，然後……竟然是在雅神游泳池外停下！

前座車門一開，一男一女兩名警察跳了下來，快步奔向售票口。

幹！是發生啥事了？一刻不禁嚇了一跳。雖然平常在新聞裡常看警察到處出沒，但如此近距離的辦案模樣，卻還是頭一次見到。

除了一刻外，游泳池中的眾人還沒察覺到有異況發生。

警察果真跑進來了，他們飛快地掃視一圈後便鎖定了目標——

正在親吻織女額頭，要她回泳池繼續玩的牛郎。

「夫君，那妾身就先下去，你等等也要過來喔。」織女甜甜地也回親了一記，再爬下一直賴著的懷抱，一手抓著游泳圈，一手抓著泳鏡、泳帽，啪嗞啪嗞地跑往池子。

「我等會就過去。」牛郎的眼裡滿是寵溺，「游完泳後我們再去餐廳吃飯，我晚上還訂了旅館，我們今天就住外……」

牛郎的話還來不及說完，他左右兩肩就各被一隻手搭上。他一愣，下意識轉過頭，沒想到自己的身後竟會站著兩個警察。

「請問……」牛郎的疑問都還沒有問出口，馬上就遭人強硬地打斷。

「一定就是你了！有民眾打電話向我們通報，這裡出現一名疑似有戀童癖的變態！」

「虧你相貌堂堂，居然做出令人不齒的行爲！還訂了晚上的旅館？絕對要阻止無辜小孩落入你的狼爪！走，跟我們回警局去！」

「什……！」牛郎大吃一驚，「等一下，一定有哪裡誤會了！我不是……」

「還敢狡辯？剛剛的話我們都聽見了。」就算瞧見牛郎俊美非凡的臉孔，年輕女警也沒有被迷惑，相反地，她的眼神冷冰冰的，像在看著有害生物——在得知對方有戀童癖後，就算那人再怎麼帥，大部分女性都會立刻失了愛慕之心，心中生起深深不齒。「有什麼話回警局再說！」

「不，所以我說這一定是有什麼誤會……」發現自己被人強制從座位上架離，牛郎一臉錯愕，他急忙轉頭向一刻尋求幫助，「一刻，你快幫我解釋一下，我和織女這樣是很正常的，我們彼此相愛啊！」

……完了，這傢伙眞的說出來了。一刻單手摀住臉，即使不用看，他也能知道警察們這時露出的震驚和鄙夷的眼神。

牛郎真的是個白痴，只要扯上織女那小鬼，智力就會減退。一般人哪會相信外表蘿莉的織女其實是幾千歲的神啊！

發覺到警察的目光投向自己，一刻放下喝到一半的飲料，說：「老子不認識那傢伙。」

「咦？等等，一刻、一刻！怎麼這樣？再怎麼說我都是你的……」牛郎大驚，俊顏流露慌張，「幫我跟他們解釋一下……慢、慢著，請別這樣把我帶走啊！」

「啊啊，慢走、不送。」一刻揮了下手當作道別，任憑牛郎被警察強行帶走。他絕對不會承認自己因爲暫時不用看見牛郎、織女在那卿卿我我，而感到神清氣爽。

除了一刻外，似乎仍是沒多少人注意到這一角發生的小插曲。

不過，是誰打電話叫警察來的？一刻瞄了瞄泳池中的人，肯定絕對不是他們做的。就算是與牛郎彷彿有奪愛之恨糾葛的喜鵲，現在也正陪著織女一起玩，沒多餘心思去管牛郎。

既然如此……一刻的目光最後盯在遠方的救生員身上。

□

打電話報警的人自然是阿瑋，他也沒想到警察的速度竟然那麼快。

目睹變態被警方帶走後，他不由得鬆了一口氣，也覺得自己做了一件好事。可緊接著，他有些緊張地發現對面的白髮少年就像鎖定住自己，大步朝他走了過來。

他、他他他想幹什麼？難道是發現他想把妹嗎？可是他什麼事都還沒開始做啊！阿瑋慌得連救生員專用的椅子也坐不住，他反射性地站起，眼看對方越漸逼近，一顆心更是緊張得七上八下。

雖然那名白髮少年個子比他矮，身材也沒他健壯，但全身散發的氣勢卻莫名嚇人，尤其是那雙眼睛，又凶又狠。

阿瑋忍不住想逃了，只是礙於面子，雙腳仍釘在原地，只能看著那抹人影越走越近、越走越近。

最後，終於站在自己正前方。

泳池內的玩鬧稍微歇緩，諸多視線紛紛好奇地投來。

阿瑋掌心冒汗，心中暗暗叫苦。現在有那麼多女孩子在看，他更不能丟臉地拔腿就跑。

他看著白髮少年銳利的眼睛瞪住了自己，接著聽見對方低沉地吐出兩個字。

「喂，你。」

哇！人真的不是我殺的啊！阿瑋差點就想大喊出這句話。

他沒有喊的原因，不是他的理智阻止了他，而是無預警擊中後腦的疼痛和鋪天蓋地湧上來的暈眩感。

阿瑋什麼話都來不及說出口，在心中咒罵著究竟是什麼凶器擊中自己的同時，他的身體瞬間也失去平衡，往前直挺挺地倒了下去。

阿瑋倒下前最後的印象，就是四周爆出的大叫聲、驚喊聲，以及自己好像壓住了白髮少年的事實。

□

「醒醒啊！」

「還好嗎？要不要……」

「……有聽到我們……」

阿瑋覺得自己好像有昏過去一下，他不是很確定，他只記得自己的後腦被什麼砸到，便站不穩地跌向了白髮少年剛好站著的位置。

然後、然後……

耳邊就聽見了許多女孩子的聲音。

難道她們是在關心自己這個救生員的情況嗎？阿瑋的心裡又是驚喜又是感動，他滿懷期待地使勁睜開眼睛，首先第一眼見到的，就是一顆棒球。

一顆……棒球？欸欸欸？阿瑋的雙眼瞪大，好一會兒才反應過來，自己是被人放成側躺的姿勢，他的眼前正好就擺著一顆棒球，顯然這玩意就是害他短暫失去意識的罪魁禍首。

可惡，一定又是附近有死小孩在偷玩棒球，這顆球絕對不會這麼簡單就還給他們！

打定主意要對那球做怎樣的處置，阿瑋立刻迫不及待地翻過身，不顧後腦還有前額的疼痛，只想趕緊快一步看清是誰在關心他、呼喊他。

這一看，阿瑋看到了泳池內所有女孩子們都上來了，可是她們通通圍繞在他隔壁的白髮少年身邊。

「宮一刻，你還好吧？」

「一刻、一刻，有聽到我們的聲音嗎？」

「一刻，妾身命令你快起來，快睜開眼睛啊！」

「不要嚇我啊，小一刻！」

就連那些心慌意亂的呼喊，也全都是給那名白髮少年的。

不止如此，白髮少年的頭還枕在那名女大學生的大腿上，左手被知性美少女緊抓著不放，右手被小動物系美少女握著，身前還緊緊巴著一個可愛小蘿莉。

這一幕大大刺激到了阿瑋。

相較之下，他的身邊眞是孤單得可以，只有一名眼睛吊吊還有著虎牙的小男孩，拿著不知從哪摸來的掃把，正用著掃把柄戳著自己。

「哈囉，咱說你還好嗎？咱說你應該還沒死吧？你們這有女救生員嗎？最好是大胸部的，能介紹給咱認識嗎？」

阿瑋一口氣差點岔住。本來還以爲有人關心自己，沒想到對方只是想打聽女救生員的消息。

開什麼玩笑，如果這裡眞的有身材火辣的女救生員，他自己也想追啊！他也想要一個正妹女朋友啊！

太不公平了，爲什麼全部的美女都圍著那個白毛小子？憑什麼那白毛小子就能後宮環繞、眾女包圍？

這眞的是太令人羨慕嫉妒恨了！

難道不知道孤家寡人最受不得刺激的嗎？他們也會空虛寂寞冷啊！

阿瑋在心裡憤怒地大叫，感覺到各種強烈的情緒一口氣全湧了上來。

羨慕啊——爲什麼那樣的不良少年都交得到女朋友？

嫉妒啊——爲什麼他偏偏就是沒有女朋友！

絕望啊——爲什麼美女就是不會看上自己？

「喂，你是怎麼了？咱叫你冷靜一點啊，你的欲線會長太快的啊！」

阿瑋覺得自己好像聽見那名虎牙小男孩在緊張地大叫什麼，他沒有聽得很清楚，他的視線全被前方的一般泳池吸引住。

有東西從水裡一縷一縷地飄了出來，灰濛濛的，似乎還長著眼睛、嘴巴，猛一看，令人想到名畫「孟克的吶喊」。

那是什麼？是鬼嗎？沒聽過這裡的游泳池鬧鬼呀！

阿瑋的眼睛驚恐至極地瞪大到極限，他看見那些灰色的物體一邊發出了悲鳴，一邊衝向自己。

「老子三十歲了還交不到女朋友啊！」

「放閃光的傢伙都去死吧！」

「給我女朋友、給我女朋友、給我女朋友！」

「神啊，賜給我一個女朋友吧！」

咿！不要過來、不要過來……

「不要啊——」阿瑋尖叫出聲，同一瞬間，他身下的影子湧動，旋即暴衝出如同活物般的大片黑暗。

阿瑋不知道眼下這一切究竟是怎麼了，他表情扭曲，駭恐地看著那詭異的黑暗衝上空中，化作大魚的形狀，再張開漆黑的嘴，當頭朝著他再俯衝下來。

阿瑋再來就眞的記不起接下來發生的事了。

□

當一刻睜開眼睛的剎那，正好瞧見有黑影衝上天空，再化作大魚的形狀，筆直快速地衝下來，朝著那名之前壓住自己的救生員。

「操！爲什麼瘴會跑出來？」一刻大驚，不管還在作疼的後腦勺，迅速地彈跳起來。他當然知道那是什麼，那是專被人類的欲望吸引而來、呑噬人心的妖怪——瘴！

可緊接著，一刻又震驚地發現到，泳池內竟然也衝出了許多發出悲鳴的灰色物體。

「幹幹幹！那又是三小？蘇染、蘇冉，這地方難不成有鬼嗎？」

「不，我之前都沒見到。」蘇染冷靜說，半邊臉頰飛快浮現紅紋。

「同樣，也沒有聽到。」蘇冉沉靜說，半邊臉也浮現紅紋。

「它、它們好像在大叫什麼？」蔚可可反射性地抓住蔚商白的手臂，「哥，它們好像在大叫很激烈、但內容很遜的東西耶！」

所有人都聽得很清楚，那些灰色物體正吶喊著——

「女朋友、女朋友！給我女朋友！」

「……眞的遜爆了。」一刻無言。

「呃……那個，小一刻，姊姊我應該不是眼花吧！你們的反應證明我應該不是眼花，所以……」宮莉奈遲疑地出聲，「所以，我眞的看到很像幽靈的東西了嗎？」

宮莉奈這一出聲，眾人頓時宛如遭到雷擊。

糟糕了，莉奈姊還在場！

幹，這下眞的死定了。一刻臉色大變，他至今都對宮莉奈隱瞞自己是神使的事，沒想到今日卻讓她撞見瘴的存在。

這解釋下去鐵定沒完沒了，而且超難解釋的。

「莉奈姊……對不起了！」一刻當機立斷，一手快速地摀住宮莉奈的眼睛，一手迅雷不及掩耳地呈手刀揚起，再迅雷不及掩耳地對著她的後頸劈下。

毫無防備的宮莉奈就這麼暈了過去，身子軟綿綿地倒下。

「宮一刻！」見自己愛慕的女性被粗暴擊昏，江言一大怒。

「閉嘴！我姊給你顧，帶她到屋子裡去！」一刻不由分說地將宮莉奈塞給江言一，「敢趁機吃她豆腐就宰了你！」

「你白痴嗎？誰會做這種事啊。我和莉奈姊的第一次，當然是留到結婚當天。」江言一接過宮莉奈，小心翼翼地將她抱起，丟了記鄙視的眼神給一刻後，就抱著人進入屋內，不蹚入神使與瘴的戰鬥中。

「哇！原來金毛這麼純情啊？妾身還以爲他一定是那種霸道型的呢。」織女對江言一的發言感到目瞪口呆，小嘴張成O字。

「得了吧？連跟莉奈姊講話都會緊張，他霸個屁啊。」一刻哼了一聲，隨即將注意力重新放在那被黑暗包覆的救生員上。

那些古怪的灰色物體也通通鑽進了黑暗裡。

「織女，妳和花千穗退遠一點。尤里，布好結界！」

「明白了，一刻大哥！這就交給……呃，一刻大哥。」尤里尷尬地抓抓頭髮，「我現在沒帶線在身上耶……怎麼辦？」

一刻一愣，立刻轉過頭。

別說尤里，他們這些神使全身上下就只穿著一件泳衣或泳褲，身上根本就不可能再帶其他東西。

「靠，不會吧……」一刻喃喃地說。

他和尤里、夏墨河都是靠著白線來圍出結界，使現實裡的東西不會眞的因戰鬥遭到破壞。可是誰沒事游泳還會把針線盒帶在身上？更不用說雖然同爲神使，蘇染、蘇冉卻無法架設出結界……

「吼，宮一刻，你是忘記我和我哥了嗎？」蔚可可不滿地抗議，「你們沒辦法，那就換我們架結界嘛！」

「可可，有時間廢話還不快來做事。」蔚商白永遠是行動派的人，他已經在泳池邊蹲下，伸手探入水裡。

「哇！這就來了！」蔚可可最怕蔚商白對她訓話，趕緊也蹲在自家兄長身旁。

兩名來自湖水鎮的神使手背同時浮出花紋，一爲深綠一爲淺綠，神紋如同植物的枝蔓，快速地從手背攀繞至中指處。

蔚商白和蔚可可有志一同地將手臂在水中一揮，水花飛濺，緊接著竟是宛若透明小蛇般直衝高空，在空中連成一個圓，轉眼擴大，包圍住整座雅神游泳池的泳池區域。

圓內的景象全部產生疊影，但下一剎那又消失無蹤，彷彿沒有任何異常發生過。

可是所有神使都知道，預防現實遭到破壞的結界已經完成。

而在同一時間，瘴的身形也塑造完畢，猩紅色的眼睛乍然睜開！

一刻等人是身經百戰的神使，至今爲止，他們面對過各種不同的瘴。有醜惡的、嚇人的；弱小的、強大的；也曾被瘴逼至險境，幾乎戰敗。

但是，他們依舊撐過來了，也自認就算再看到何種瘴，應該也不會再讓他們輕易地大驚小怪。

可是事實在今日證明，他們是錯的，而且是大錯特錯。

他們依然會爲著眼前所見到的瘴而目瞪口呆。

「我操……有沒有人願意告訴我，那是什麼？」一刻手裡握著從神紋召出的白針，臉上的表情接近於呆滯。

「我猜，是一隻魚？」夏墨河不是很確定自己的用詞正不正確。

「可是，墨河……那魚看起來有點……」尤里抱著他的大剪刀，圓臉哭喪，緊接著他又緊張地轉向花千穗大喊，「小千，閉上眼睛！這種東西妳不要看！」

「好。」躲在休息區一角的花千穗點點頭，依尤里所言閉上了眼睛，也不擔心無法視物的情況下會不會發生什麼意外，她知道尤里一定會保護好她。

「是魚。」蘇染說。

「難看的魚。」蘇冉也說。

「不對吧，小染、阿冉，就算魚再怎麼難看……」蔚可可白著臉，忍無可忍地發出哀叫，「也不會長了四隻手啊！咿！而且那手還被牠當成腳用來撐在地上！討厭啦！超噁心啦！」

蔚可可這句話無異喊出眾人的心聲。

瘴長得像隻大魚也就算了，偏偏還要長出四隻跟人類一樣的手，左右各兩隻，還將其當成腳撐在地面上，使身體懸空。這畫面怎麼看就是……

「糟，妾身開始覺得有點不舒服了。」織女摀著嘴，「一個禮拜內，妾身都不想吃烤魚、生魚片或任何和魚有關的食物了。」

這話無疑也是一刻等人的心聲。

「織女大人，我們別看這種傷眼的東西，就讓那些笨蛋神使自己去處理吧。」喜鵲張開背後的漆黑翅膀，遮住了織女的視野，她扭過頭對著一刻他們露出甜美的笑，「我可以好心地告訴你們，那些灰色的東西是人類殘留下來的意念，它們受瘴吸引，和牠融爲一體了。順便恭喜你們，已經成功地把瘴惹火了哪。所以加油啦，白毛，死了也沒關係唷。」

幹！別開口閉口就咒人死！一刻本來想火大地這麼回嘴，但他沒有漏聽喜鵲說的那些關鍵部分。

人類殘留下來的意念他還能理解，成功地把瘴惹火了是什麼意思？

「一刻大哥、一刻大哥……」尤里嚥嚥口水，「那隻魚……呃，不對，那隻瘴，現在看起來好像超生氣的耶。」

神使們的目光一致地再移向他們的目標物。

確實如尤里所言，那隻長了四隻手的大魚妖怪，看起來簡直瀕臨暴怒邊緣。

「不難看，才不難看！」大魚妖怪張開嘴巴，吐出的卻像是無數男性同時說話的聲音，

「不准說我們難看噁心！我們明明都是帥哥，只是沒有女人緣而已！」

當那聲悲憤的咆哮一發出，大魚妖怪的四隻手也用力往地面一拍，龐大的身體騰空飛起，同時大嘴一張，在泳池內的水竟像受到無形吸力吸引，一股水流衝至那張大開的嘴巴前，眨眼就化成了無數顆水球。

「憤怒的帥哥之擊！」

水球就像子彈，剎那間朝四面八方掃射出去。

喜鵲的動作最快，在發現那妖怪作勢欲攻擊時，便立刻回復鳥類原形，載著織女振翅飛起，讓她們置身在戰圈外，不受波及。

沒時間咒罵喜鵲袖手旁觀的行爲，也沒時間吐槽大魚妖怪那聽起來遜爆的招式名稱，一刻急急地向後閃退，以免水球擊上身。

雖然那水是從游泳池內抽取的，可是誰知道砸在身上會怎樣？

抱持這想法的不止一刻，謹慎派的夏墨河、蘇染、蘇冉、蔚商白亦是，他們都極力避免沾上水。

而尤里不是沒想過這一點，但是大魚妖怪似乎完全無視他的存在，水球往各個方向射出，就是忽略了他，一顆也沒有砸過來。

尤里站在原地，對自己疑似遭到排擠一事突然覺得有些淡淡的哀傷。

至於蔚可可，雖然覺得大魚妖怪噁心，但一見對方使水，不服輸的好勝心湧了上來。

「只不過是這種區區小水球……有辦法就用厲害一點的招式啊！還有那名字眞的超俗的！」握住從神紋內召出的碧光，蔚可可腳下用力，一邊往前直衝，一邊用弓身左右揮打，將那些即將近身的水球打得潰不成形，一晃眼就突破到大魚妖怪面前。

舉弓拉弦，蔚可可的手指間立刻平空生成數支光箭，所有箭頭全都瞄準眼前的瘴。

「告訴你，你再怎麼用水也比不過我們的理……」蔚可可的話突地一頓，她感覺皮膚似乎格外發冷，迅速低頭一看，接著一陣尖叫爆出，「呀啊！」

蔚可可不知因何漲紅一張俏臉，手上的弓箭更是不管不顧地一扔，兩隻手臂用最快速度環抱住自己身體，背脊一縮，驚慌失措地蹲下。

誰也不曉得這短短的時間裡發生了什麼事。

但是大魚妖怪卻抓準這個眾人發愣的空檔。

「桀桀桀！現在就讓妳嘗嘗更厲害的！不要瞧不起男人之擊！」大魚妖怪的嘴前馬上又生成一顆臉盆大小的水球。

「可可！」眼見自家妹妹面臨危機，蔚商白臉色大變，提劍一個箭步衝出。

「線之式之一，封纏！」夏墨河的指間出現白線。

隨著他的命令指示，白線紛紛用極快的速度竄射出去，打算搶在那顆水球之前纏住蔚可可，將她整個人一把扯開。

蘇染的位置離蔚可可最近，因此她也是最快趕至蔚可可身畔的人。

赤紅長刀有如紅雷一閃，瞬間劈揮向水球。

偌大的水球碎濺形體，卻同時也濺了蘇染一身。

「蘇染！」蘇染來不及避閃的這一幕落入一刻眼裡，他大驚，急著想確認她和蔚可可的狀況。

一刻的速度不愧是所有神使中最快的，硬是比蔚商白快了半個步伐。一踩上磁磚地面，他立即一腳往大魚妖怪的方向狠狠踹出。

這次換沒有防備的大魚妖怪向後彈飛出去。

「線之式之八，蛛網！」配合著一刻的行動，夏墨河靈活改變白線型態，讓原本要繞上蔚可可的白線交織成大網，在大魚妖怪就要撞上矮牆的前一剎那，及時地將那碩大的身軀攔截下來，避免牠撞破牆壁，衝至大馬路上。

結實又柔韌的線網讓大魚妖怪重重地反彈一下，接著是撲通一聲彈入深水區泳池內，濺起大大的水花。

這時候沒人去多在意那隻跌進水裡的瘴。

「蘇染，妳還好嗎？那水有沒有問題？」一刻抓著青梅竹馬的肩膀，目光像雷射光般從頭到腳將她掃視一遍，就怕她逞強不肯說出眞話。

「不，我沒有感覺到任何不適……」蘇染趁此機會若無其事地反搭上肩頭的那隻手，感受對方的體溫，「顯然只是普通的水。」

「是嗎？那就好。」雖然覺得蘇染握著自己的勁道有些緊，一刻也不以爲意。他鬆了一口氣，繃緊的臉部線條放鬆下來，「原來那些名字俗到爆的招式只是虛張聲勢嗎？不過這樣的話，蔚可可……喂，蔚可可，妳到底是怎……」

一刻的話忽然停住了，不是他終於知道蔚可可發生了什麼事，而是他發現另一件更爲奇怪的事。

他的手是搭在蘇染的肩膀上，從掌心他可以感受到泳衣肩帶的存在。可是現在，爲什麼那份觸感不見了？

一刻嚥嚥口水，他的視線調回至蘇染的肩膀上，再小心翼翼地往下移。

「幹幹幹！蘇染妳的泳衣！」白髮少年簡直像被燙到似地飛快縮回手，嫌這樣還不夠，還往後跳了一大步，整張臉變得比番茄還紅，頭頂似乎快冒出白煙。

這罕見的反應讓蘇染愣了愣，她下意識低下頭，映入眼中的竟是大片白皙的肌膚。原來該有泳裝布料覆蓋住的多處部位，居然都暴露出來了。

蘇染的泳衣不知道是發生什麼事，就像遭到某種侵蝕，布料變得破破爛爛，東露一塊、西

露一塊，露出大片春光。

就算是從背後，也可以窺見到她的美背。

「哇啊！我什麼也沒看見！」尤里馬上密密實實地摀住眼，包括眼睛也用力閉上，就怕看見不該看的。

「這還眞的是……」不像一刻的劇烈反應，也不像尤里慌慌張張，夏墨河苦笑了聲，冷靜地將臉別開至另一個方向，不讓視野內出現蘇染或是蔚可可的身影，他已經猜到蔚可可恐怕也發生同樣的事。

蘇染眨了下眼，下一秒才終於反應過來。白皙清麗的臉破天荒飛上紅雲，她抱住自己的胸，有絲慌亂地快速蹲了下來。

從眼角餘光瞥見蘇染的反應，一刻不禁感到安心。太好了，蘇染那傢伙果然還是個正常人，知道要害羞。

「一刻。」蘇染抬起頭，扯下泳帽，讓長髮遮住自己的背，「你看到了嗎？要是你剛沒看清楚，我可以……」

「可以妳妹！老子什麼都不想看！」一刻後悔自己的定論下得太早，他氣急敗壞地大吼著，只是那漲紅著的臉以及無論如何都不敢轉頭直視蘇染的模樣，大大地削弱了他的魄力，「他媽的快去找個東西遮……！」

眼前倏然閃動的一片白色，使得一刻閉上嘴，反射性伸手往前抓，那是條白色的大浴巾。
「先用這個吧。」扔來浴巾的人是蔚商白，他已經用另一條徹底蓋住自己的妹妹，避免對方春光外洩，「你紅著臉的模樣眞讓人不習慣。」
「我臉紅干你屁事啊！」一刻惱怒地甩了記眼刀過去，不過心裡總算是鬆了一大口氣。他隨即將大浴巾塞給蘇染，要她在最短的時間內包好自己。他沒有注意到蘇冉也無聲無息地抱來一條大浴巾，並在發現自己的動作慢了一步時嘖了一聲。
「哥，你沒事幹嘛連我的頭都蓋住啦。」被包得太徹底的蔚可可抓下浴巾，露出腦袋，不滿的眼神射向自家老哥，「你這樣根本是把我當成什麼見到就會完蛋的生物吧？人家又不是梅杜莎。」
「殺傷力也不遑多讓了。」蔚商白雲淡風輕地說，眉毛連動也沒有動一下。
「哥！」蔚可可氣得跺腳，要不是一手得捉緊浴巾以防滑落，恐怕她就撲打過去了。
「梅杜莎？是說那位蛇髮姑娘嗎？妾身有見過唷。」織女的聲音從空中落下，她乘著喜鵲降落下來，「以前和夫君蜜月時，曾到希臘那去玩。對了，夫君人呢？怎麼沒有看見夫君？」
妳老公早在妳沒有發覺的時候被警察帶回去喝茶了。一刻翻了下白眼。
「唔，算了。」織女很乾脆地跳過牛郎不見的話題，「說到那位蛇髮姑娘，妾身至今想不透的是，她的那些蛇不知道爲什麼都縮著不敢動，妾身明明什麼事也沒做，而且牠們還一直盯著喜鵲瞧呢。」

「織女大人，這點小的也想不通呢。」喜鵲認眞地附和。

靠，最好想不通。不就是因爲妳是鳥，牠們是蛇，妳那原形一出來隨便就能把牠們啄死了？一刻本來想這樣說，可是他猛然留意到一件事。

「慢著，所以梅杜莎是眞的存在嗎？靠靠靠！那明明是希臘神話故事裡的人物吧！」

「噗噗，說那什麼蠢話呢？笨蛋白毛就是笨蛋白毛，腦細胞根本沒有存在你那貧瘠的大腦裡吧？」對於一刻的震驚，喜鵲只是尖牙利嘴地嗤笑，「那種妖怪都存在了，爲什麼蛇髮女妖不能存在？多點國際觀哪。不過現在，就請繼續加油啦。」

咯笑聲一落，喜鵲無預警地再度拍翅升空，和底下的兩座游泳池保持著一大段距離，擺明就是要置身事外地看戲。

一刻等人聞言慢慢地轉過頭，看見喜鵲口中所說的「那種妖怪」——跌入游泳池中的大魚妖怪不知何時又浮冒出來。

牠的左右兩側還各跟著一抹和牠一模一樣的身影，形似魚類、雙眼猩紅、身生四手。

「我操，不會吧……」一刻僵著臉，「這種醜不啦嘰的東西還能弄出分身是哪招啊……」

□

不管之後再經歷多少與瘴的戰役，但今日在雅神游泳池的這一場，將是一刻等眾神使永生難以忘懷的。

面對著數量從一變為三的大魚妖怪，所有人都不禁吞嚥了一口口水。

這數量並不算棘手，真正棘手的是對方的攻擊招式。一旦被對方噴出的水沾到，身上的泳衣就會像受到腐蝕，立刻暴露出底下皮膚。

饒是一刻他們再怎麼藝高膽大，誰也不想全身光溜溜地和一隻妖怪對打。

「一、一刻大哥，這下怎麼辦才好？」尤里乾巴巴地問道，看著一隻、兩隻、三隻，三隻大魚妖怪爬上泳池，正一副蓄勢待發的模樣。

「我才想問怎麼辦吧？」一刻這話是說真的，他現在腦袋裡完全想不出任何方法。他和蘇冉、蔚商白持有的都是近身攻擊的武器，偏偏他們的身上又都只穿了條泳褲，一旦中招……一刻的臉色不由得鐵青，打死他都不想當眾光屁股還遛鳥！

「總之，我會先盡量將瘴困住，接下來的再交給你們了，一刻同學。」夏墨河拉緊自己可攻可防的白線，眸光盯緊三隻大魚妖怪，「線之式之……」

「戰鬥吧！有女朋友的傢伙都是背叛者之擊！」

沒想到大魚妖怪搶先一同咆哮，牠們身後的泳池水面瞬間翻騰，掀起一面半人高的浪。

這下子，連夏墨河的表情也僵住了。

想突破對方防線，勢必就得對上那片大浪。不，他絕對沒興趣讓自己的泳褲從身上消失。

「抱歉了，一刻同學。」夏墨河當機立斷收回白線，腳尖一蹬，迅速先拔高自己的身形。一刻沒有對此做出大罵，換作是他也會這樣做。

就在這一剎那間，大浪淹過來了。

「幹拎娘咧！蘇染、蔚可可，立刻帶花千穗躲到屋子裡！」一刻手一揮，強硬命令，腳下也不敢遲疑，馬上踩上休息區的遮陽傘當作立足點。

「小千，妳就快進去吧，這裡交給我們！」尤里也跳上遮陽傘的中心，但也不知道是不是平衡沒抓好，腳下一滑，頓時像溜滑梯般溜了下去，「哇！」

「線之式之八，蛛網！」夏墨河眼明手快，讓白線在尤里墜落的下方結成網，及時接住那圓胖的身體，免去和磁磚地板相撞的機會。

但是，那面浪已經朝尤里劈頭打下來了。

尤里慘白了臉，急著想逃，然而前一秒幫助他的白網這一秒反倒成了妨礙。線與線交織出來的網格使他不便行動，剛站起又因爲絆了一下而趴跌回去。

尤里面如死灰，絕望地閉上眼。

「尤里！」

「等一下！千穗，不可以啊！」蔚可可心急大叫，卻抓不住那隻甩開她的雪白手臂。

花千穗幾乎是反射性地行動，她跑向尤里，在浪打下去之前，張臂抱住了尤里，試圖幫他抵擋。

一刻的臉色不止是青了，而是徹底地發黑。

大量的水濺了尤里和花千穗一身，發生在蘇染和蔚可可身上的事，隨即發生在他們身上。

「小……小千⁉」尤里慘叫著跳起來，拚命張開雙手護擋在花千穗之前，「哇啊！一刻大哥你們的眼睛快閉上！不可以偷看我女朋友啊！」

「看你去死啊！你自己也遮一下！誰想看你那根晃來晃去的東西啊！」一刻破口大罵，「你這死胖子居然還讓你女朋友衝出來？你光溜溜就算傷眼也好過她光溜溜，你他媽的是不知道嗎？」

「我我我……」尤里就連身體都像煮熟的蝦子一樣紅了起來，他想遮自己的下半身，但又怕身後女友春光外洩。正兩難之際，一條大浴巾和一條小毛巾從天而降。

「部下一號，快接住！不要浪費妾身的體貼！」織女從喜鵲背上探出頭高喊，「對了，大浴巾是給花姑娘用的喔！」

「織女大人，我很感謝妳……但妳的體貼不能平均一點嗎？」哀怨歸哀怨，尤里還是趕緊拿小毛巾遮住重要部位，大浴巾迅速交給花千穗，「小千，我們快點躲到屋裡去吧！」

「想躲？通通一個也不准躲！這太沒天理了，最漂亮的正妹居然是那胖子的女朋友？虧我們還將那胖子視爲同伴啊！」從頭到尾看見尤里和花千穗互動的大魚妖怪，發出了如同遭受背叛的悲痛吶喊，牠們的身形從三變五，再從五變七，「恨啊、怨啊、嫉妒啊！放閃光的都是敵人之擊！」

七隻大魚妖怪同時張嘴，鎖定七個方向噴吐出水柱，包括待在高處的一刻等人也不放過。

「一刻。」

「宮一刻。」

一刻剛聽到有人喊他的名字，還來不及反應，肩膀就被兩隻手臂從後搭按住，迅雷不及掩耳地將他往下一拉。

「哇！幹！」一刻嚇得罵出髒話，差點就召出白針往後方捅去。幸好他沒這樣做，因爲將他抓下又飛快踢翻遮陽傘使之成爲盾牌的人，是蘇冉和蔚商白。

水柱打在傘面上，發出響亮的聲響。

利用遮陽傘阻擋攻擊的還有夏墨河，同時他還快速地操縱白線，拉過另一把傘，幫忙擋在尤里和花千穗身前。

蔚可可和蘇染則是俐落地將離自己最近的圓桌掀倒，藏身在桌面之後。

眼看自己噴射出的水柱通通落空，大魚妖怪愈發怒火攻心。

「既然這樣，就讓你們見識我們的近身肉搏戰！看吧，看我們在夏天鍛鍊出來卻還是把不到妹的肌肉！」七隻妖怪喊出了宛如某種口號的呼喊。

「唔啊，聽起來感覺超可憐的耶。」蔚可可從圓桌後探出頭，露出兩隻好奇又同情的大眼睛，緊接著就俏臉刷白，面露驚恐，「咿！超噁心……超噁心啊！」

那已經是接近悲鳴的大叫聲了。

「不舒服，妾身深深地感受到不舒服了。」織女的小臉也是一白。

正因爲待在高空，所以下方的景象更是看得一清二楚。

宣告要採取肉搏戰的大魚妖怪們有志一同地放棄水攻，改以自己身上的四隻手撐地，快速地往前方逼近。

「織女大人，請妳閉上眼睛，喜鵲我會幫妳注意底下情況的。」喜鵲體貼地說道。至於她沒說出的那句則是——只要那群人類沒死，就不算有什麼特殊狀況了。

「哥，這種的我不行，說什麼也不行！」蔚可可怕兄長要自己出手，連忙先慌張地搖頭。

「我有要妳行嗎？」蔚商白再怎樣也不至於讓自己的妹妹在有走光的風險下使用武器，他的目光移向一刻，「宮一刻，就交給你了，我猜你應該不會說自己不行。」

「廢話！誰會說自己……幹！爲啥是推給我？」一刻慢了一拍才驚覺自己差點跌入蔚商白的文字陷阱，「馬的，你全家才都不行！」

「什麼行不行？有誰不行了嗎？」

「拎娘咧！誰不……！」一刻硬生生掐斷話，他瞪著蘇冉，後者搖搖頭，表明自己是無辜的，並沒有開口說話。

一刻將視線往更後方挪去，看見一名矮小身影悠悠閒閒地站在那，手裡還拿著一支熱狗在咬。

「畢……靠！畢宿，妳爲什麼會在這吃熱狗？」一刻大吃一驚，一時忘了他們正面臨七隻大魚妖怪的圍攻，旋即他又霍然想起打從那名救生員被瘴吞噬後，這場地似乎也沒再聽見畢宿的聲音，他們也忘了這丫頭原本該在場的。

「咱？咱爲什麼不能去販賣部買熱狗吃？咱看你們人那麼多，應該不用咱幫啥忙才對。不過，咱說……」畢宿咬掉最後一口熱狗，將竹籤扔至一旁垃圾桶，野性十足的大眼睛望向了像是也在警戒她的到來而停下的大魚妖怪，她的眉毛皺了起來，發出一記咋舌聲，「這醜不啦嘰的東西應該就是瘴吧？咱不管你們怎麼打那麼久，牠們怎麼生了那麼多隻……」

畢宿一步步地走向前。

大魚妖怪震驚地發現到，那名拿掃把戳自己的小男孩，亂七八糟的短髮裡還冒出了兩隻角，兩隻一樣是金色的彎角！

「咱只是想問。」畢宿又發出一記咋舌聲，「咱在這些傢伙身上聞到超不受女孩子歡迎的味道，應該不是咱的錯覺吧？咱敢說這些傢伙，一定連一個漂亮姑娘都沒把到過！」

這句話無疑是最銳利的箭矢，狠狠地插進大魚妖怪們脆弱如玻璃的心房。

七隻瘴的眼睛變得愈發赤紅。

「男人的自尊心是傷不起的！呸呸，把不到妹不是我的錯之擊！」其中最靠近畢宿的一隻大魚妖怪冷不防地噴吐出一束水流。

並不知道對方攻擊模式的畢宿就這麼無預警地被噴了一身。

「畢宿，快找東西遮好！那傢伙噴出的水會腐蝕妳的泳衣！」一刻連忙大喝道。

「哎？」當事人顯然比旁觀者還不進入狀況，畢宿抹去臉上的水，傻愣愣地低頭，發現自己的連身泳裝開始出現一個破洞，那破洞迅速擴大，一下就使得她胸前肌膚外露。

畢宿又眨了下眼，下一秒，她的臉上露出野蠻十足的笑容。

「以為這樣咱就會在意嗎？太天真了，就讓咱給你們這些沒異性緣的醜魚一個痛快吧！」抓住平空出現的長槍，紅纓一甩，畢宿戰意高昂地快步躍出，黑眸熠亮，「看吧！咱的必殺——」

「殺拎娘啊！」一刻氣急敗壞地急探出手臂，粗暴地將那抹矮小身子給拽下來，「拜託給老子在意一下！妳是女的不是男的！就算跟織女一樣平也遮好妳的胸部！」

「一刻，妾身聽到了啊！你這是對妾身的人身攻擊！」織女睜開眼，惱怒地自空中大叫，

「妾身哪可能跟畢宿同一等級？」

「吵死了，妳根本比畢宿還平！」不管被自己拽下的畢宿跌得頭暈眼花，一刻直起身子，對著從頭到尾都待在戰圈外的織女大罵。

「嗚！太、太屈辱了……」織女握緊小拳頭，渾身顫抖。

沒有漏聽任何一句對話的大魚妖怪們陷入集體震驚中，幾乎不敢相信那名頭生雙角的黑眼小男孩居然是女的！

「你們這些討人厭的人類，竟敢如此污辱織女大人？要不要我啄掉你們那沒用的眼睛啊？」喜鵲降低了飛行高度，烏黑的眼珠子惡狠狠地盯著一刻。

「啊啊？老子有說錯嗎？」面對一隻比人還大的鳥，一刻的氣勢絲毫不輸人。

「哎呀，事情好像往奇怪的方向發展了。」夏墨河望著這一幕苦笑。

「可是墨河，你看起來好像很愉快哪。」尤里提醒。

「咦？是這樣嗎？」夏墨河摸了摸自己的唇角，「大概是這樣很有趣吧？」

原本一場氣氛緊張的爭戰，頓時因爲一刻和喜鵲的針鋒相對莫名地受到中斷，全部人的眼睛下意識地都盯往他們身上。

反倒是織女，捏著小拳頭的她忽地瞥見下方售票口的方向，居然走進了一抹修長人影。她大吃一驚，因爲照理說，應該不可能會有尋常人類接近這裡。

可緊接著，織女眼中的吃驚就被欣喜取代，走進來的人赫然是中途不見人影的牛郎！顧不得自己還待在高處，織女七手八腳地就從喜鵲背上跳下。

「夫君，夫君！」穿著荷葉邊可愛泳衣的黑髮小女孩，三步併作兩步地打算奔向牛郎。

「有機可趁！」一隻大魚妖怪同時回過神，張嘴一吐，「呸呸呸，好蘿莉要推倒之擊！」

「什……慢著！」一刻驚覺到時要阻止已是來不及。

水噴了織女一身，這措手不及的突襲讓她呆住，水珠滴滴答答地從她髮梢、身上滴下。

織女的小臉浮上茫然，一時間像是不明白發生什麼事，她低下頭看著濕答答的自己。

一秒、兩秒、三秒。

「呀啊——」織女抱住自己的胸前，尖叫地蹲下身子，潔白的臉蛋漲成驚慌失措的通紅。

發生在蘇染、蔚可可、尤里、花千穗、畢宿身上的事，也發生在她身上了。

「織女大人！」喜鵲大驚，身形立即由鳥類變化成人形的姿態，背後黑翼拍動，她火速地衝向織女身邊，「織女大人！」

「幹！不會吧？」一刻沒想到連織女也中招，他本想叫蘇染或蔚可可上前用大浴巾將織女一塊包住，但他的眼角卻捕捉到有人越過織女，走向那些大魚妖怪。

是牛郎。

他沒有去顧他的老婆，反倒是想做什麼？一刻心生納悶。按照以往經驗，那個將織女擺在第一位的男人，應該會比誰都緊張地圍在織女身邊轉才是。

「嗚啊！咱的屁股還是好痛……」畢宿摀著臀部站起，「幸好咱還沒露出尾巴，不然咱絕對會痛死……宮一刻，你在看什麼？」

畢宿注意到一刻的視線，好奇地也跟著望過去，隨即那張野性小臉竟是臉色乍變。

「糟糕了、糟糕了，宮一刻，你們誰快點去阻止牛郎大人！他的眼睛沒在笑，那表示他要抓狂了啊！」

「什麼？」一刻錯愕，然而下一瞬間映入他眼內的光景，讓他的臉色發青又刷白，「幹幹幹！牛郎你他媽的快給老子住手！」

無暇顧及倘若沒了遮陽傘遮蔽，自己是不是很快會落入衣不蔽體的下場，一刻一個箭步衝出，用上全部力氣架住那名不知從哪拿出一柄銀色小鎚的優雅男人。

「一刻，快放開我！」牛郎怒喝道，聲音比平時還要低沉。

假使有人從正面看著這名男人的臉，光憑那雙毫無笑意只存冰冷焰火的桃花眼，就能知道他的怒氣即將如火山爆發。

牛郎只覺自己的理智線徹底斷裂了。

他施了點幻術甩開警察，卻怎樣也沒想到自己一趕回這裡，竟會撞見那樣的景象。他的妻子，他最寶貝的妻子，那隻該死的妖怪膽敢害他的妻子春光外洩！

「一刻，我再說一次，快點放開！」牛郎的聲音聽起來已是山雨欲來，膽子小一點的人或許會被嚇到。

「放你老木！」但是一刻膽子不小，更加不是白痴。別開玩笑了，這時候眞放手的話……「最好老子會讓你揮那個雷神小鎚然後電死我們大家！你以爲這裡是哪裡？這裡是游泳池！你腦子有洞他媽的也不要在這時候發作！」

要是隨便一道雷劈下來，他們所有人都可以說再見了。

一刻對人生有許多規劃，但絕對沒有一項是莫名其妙被自己同伴的無差別攻擊給電死。

「一刻！」牛郎大怒。

「閉嘴！」一刻比他更怒，「我要是蠢得鬆手那老子的名字倒過來寫！蘇冉、蔚商白、夏墨河，他X的不要再看好戲了！快點動手！」

這一聲怒吼鏗鏘有力，宛如要掀了這座游泳池。

大魚妖怪們頓時也被驚得全數回復神智。

「糟糕，不小心看得走神了！兄弟們，快點展開我們華麗的肉搏招式——」

「可惜我拒看呢。線之式之一，封纏！」不待所有大魚妖怪共同喊出吆喝，夏墨河出手了，他的白線分化多條，氣勢猛烈地襲向鎖定住的敵人。

一二三四五六七，七隻大魚妖怪的嘴巴全讓白線纏捆得死死的，使牠們無力張嘴。

發現到自己無法再使出得意的攻擊技，大魚妖怪陷入緊張。牠們試著張動上下顎，想要藉此掙斷白線，可是看似柔軟易斷的白線，卻比想像中來得堅固。

夏墨河落足在白線另一端，手纏白線，秀麗的臉上掛著淡淡的微笑。

見白線和操縱者全然文風不動，大魚妖怪的心底開始湧上慌張。牠馬上解除自己的分身術，讓其他六隻的身影快速融回至自己的體內。

一個眨眼，泳池岸上又只剩下最初的一隻瘴而已。

分散出去的力氣一回歸，大魚妖怪當下使上全力，肌肉賁起，四隻手臂迸出青筋，上下顎終於爭取到一絲張啓的空間。

白線隨著這樣的動作越繃越緊，眼看隨時有斷裂的危機。

就在大魚妖怪不由得心喜的瞬間，白線竟是冷不防地盡數抽離，敏捷地回到夏墨河指間。

大魚妖怪還沒反應過來，眼瞳內就已映出一抹高個子身影。

那是一名個子相當高的少年，眼神成熟堅冷，一點也不像這年紀該有的。他手持烙有碧紋的雙劍，左手中指至手背上有綠光閃耀。

大魚妖怪莫名地感受到壓力，牠不假思索地張嘴，凝聚出一顆水球，猛力地往前一噴吐。

蔚商白不退反進，他步伐快速地往前衝掠，眼看就要正面迎撞水球，連在旁邊觀戰的蔚可可都差點大叫出「哥，你的泳褲會不見的啊！」。

蔚商白的腳下一蹬，整個人在迅雷不及掩耳間急速騰高，他矯捷的身子在空中翻轉，手中雙劍同時交叉劃下，兩道碧光呈X形一閃而逝。

大魚妖怪尚弄不清楚發生何事，身子就被釘在原地。牠的眼前又是另一抹人影閃過水球，進入到牠的視野裡。

大魚妖怪第一眼看到一名黑髮藍眼的俊美少年，第二眼則是填滿牠眼瞳的赤紅刀鋒！

蘇冉刀起刀落，一揚手就將刀尖送入大魚妖怪的雙眼之間。

加疊起來的劇痛從身體各處爆發開來，大魚妖怪張嘴想要嘶號慘叫，但牠萬萬料想不到還有最後一波攻擊在等著牠。

不客氣地一把奪過雷神小鎚，扔給畢宿，再將牛郎推開，一刻張開掌心，抓住由空中生成的白針，嘴角扯開凶狠的獰笑。

白髮少年手一鬆，將落下的白針一腳踢出。

白針迅烈如虹，剎那貫穿空氣，筆直地進入大魚妖怪大張的嘴裡，從頭至尾在牠的身體開出了一條縫。

最後白針穿出，釘在了後方牆面上。

外形神似魚的癉終於發出了無聲的尖嘯，牠身上滾滾黑氣湧動，越來越濃，直至將牠的身體完全淹沒。

下一瞬間，所有的黑煙就像遭受炸裂地迸發開來。

黑煙中，有個只著泳褲的年輕人摔跌下來，趴在磁磚地板上。

不是別人，正是先前遭到瘴吞噬的救生員。

黑煙被風吹散，消逝得無影無蹤，屬於瘴的妖氣徹底不復存在。

「為什麼就是不讓我出手呢……」牛郎惆悵地說道。

一刻翻了下白眼，一屁股坐在地上，已經沒力氣吐槽他了。

□

「一刻！」

「一刻大哥！」

「宮一刻！」

見事情解決，蘇染等人迫不及待地跑出遮蔽物，圍向了坐在地上的白髮少年。

「你們誰，去拿條浴巾給織女那小鬼。」一刻有氣無力地一揮手。在經歷過那場精神上的苦難後，他現在已沒有多餘力氣去聽喜鵲和牛郎在那爭執誰才適合抱住織女不讓她走光。

靠么啦，就沒有誰的選項是讓織女穿上衣服嗎？那兩個是有多變態啊！

「我去拿吧。」花千穗按著浴巾的胸前位置站起，「尤里，我也替你拿一條過來。」

「太感謝妳了，小千！」尤里喜出望外，他只有一條小毛巾遮著重點部位，屁股被風吹得很冷啊，「等一下，小千，我還是跟妳一起去好了。」

「順便幫我跟江言一說一下，他可以帶莉奈姊出來了。」一刻喊了聲，裝作沒發現花千穗就算是看著尤里肚子上的那層「游泳圈」，也是一副含情脈脈的模樣。「畢宿，把那鎚子收到一邊去。妳不要以為這時候可以神不知鬼不覺地吃……看吧，老子警告過妳了。」

蘇染扭住那隻想要趁隙摸上她臀部的小手，藍眼睛直直地盯住畢宿。

蘇冉也走了過來。

兩雙相似的淺藍眸子一同看著畢宿，那份無聲中透出的強大壓迫感，逐漸讓她坐立難安。

「咱、咱……」畢宿被盯得頭皮發麻，胡亂地找個藉口，「咱才不是要摸誰的胸部或屁股，咱是那種人嗎？當然不是！咱只是要……咱只是要看那個被瘴吞噬的倒楣鬼的情況！」

說完，畢宿趕緊一扭身掙脫蘇染的手指，急急忙忙地跑至救生員身邊做做樣子。

一刻懶得拆穿那個拙劣的謊言。

「累斃了……」他抹把臉，疲憊地吐出一口氣，「根本就沒游到幾圈，卻被那隻瘴搞得連力氣都沒了。」

「同意。」蔚商白收起自己的兩柄長劍，左手上的神紋也一併隱沒。他瞥了蔚可可一眼，

「可可，去買件泳衣或找件衣服穿。」

「可以再買新的嗎？」蔚可可的眼睛一亮，「哥，你是大好人！」

「錢記得自己出。」蔚商白又說。

蔚可可眼裡的光芒頓時被一盆冷水澆滅。

「我錯了，哥你怎麼可能會是大好人？」蔚可可嘴上哀怨地抗議，不過雙腳還是乖乖地站起，「明明就是冷血、惡魔、沒同情心……小染、畢宿，要不要一起去販賣部買泳衣？畢宿，妳在做什麼？」

注意到（被迫）披著浴巾的畢宿正拿著雷神小鎚戳著地上的救生員，蔚可可心裡好奇，忍不住走了過去。

「咱嗎？咱覺得這傢伙的味道有些怪怪的，聞起來好像有那麼一絲不對勁。」畢宿頭也不抬地說。

「味道怪怪的？難道……他身上的瘴還在？」蔚可可緊張起來，反射性想召出弓箭。

「不是不是，瘴消失了，咱說的是……」嫌戳太無趣，畢宿乾脆拿鎚子敲，「這傢伙說不定不是……喔喔喔！咱猜對了！咱還真的猜對了！快，蔚姑娘，快讓咱摸妳的胸部一把！」

「什麼？我才不要！」蔚可可急忙護住自己的胸。

「別鬧了，那傢伙到底發生什麼事？」一刻一掌壓上畢宿的頭，而等他看清救生員此刻的情況，他睜大眼。

那名救生員的身體正發生變化，居然逐漸縮小，外貌也在改變。

「什麼？什麼？」織女連忙繞過牛郎和喜鵲，她一彈手指，身上的泳裝便回復原樣，看不出一絲破損的痕跡。她好奇地擠向一刻，硬是從他的臂彎下探出頭，「快告訴妾身是發生什麼……哇喔！」

這一聲驚奇的低呼，表示織女也親眼看見了。

本來躺在磁磚地板上的健壯救生員不見蹤影，取而代之的是一隻體型嬌小的生物。長著像熊一樣的半圓形耳朵，眼睛周圍有著像眼罩一樣的黑影，身材圓胖，屁股後還拖著一條大大的條紋尾巴。

分明就是……

「浣熊？」蔚可可脫口叫道，立刻惹來蔚商白的一記後腦搧擊。

「妳是白痴嗎？」蔚商白冷酷地看著自家摀頭哀叫的妹妹，「那東西叫作狸貓。」

「我只是故意說錯的……哥，你這個大暴君！」蔚可可淚眼汪汪地控訴。

「你們這對白痴兄妹給我滾到旁邊去吵！」一刻不耐煩喝道：「現在重點是這嗎？啊？」

「雖然我比較在意的重點是，可惜一刻的泳褲安然無事……抱歉，我不小心說出我的真心話了。」蘇染無視一刻鐵青的臉，習慣性地想推扶一下鏡架，但在發現沒戴眼鏡後作罷。即使如此，她的語氣還是冷靜的，彷彿雷打不動地說，「不過這的確是個值得研究的問題。游泳池可以雇用動物來當救生員嗎？貍貓應該不擅長游泳才是。」

「……最好這是值得什麼鳥研究啦，蘇染。」一刻還是吐槽了。

□

阿瑋感覺到似乎有許多道視線在盯著他，而他的眼前一片漆黑。

怎麼了？發生什麼事了？難道是他自己發生什麼事嗎？

不要不要，他還沒交過女朋友，他不想死！

「就算交了女朋友我也不想死啊！」阿瑋大叫一聲，用盡力氣地睜開雙眼彈坐起。

登時，明亮的陽光映入他的眼中，他發現自己還待在雅神游泳池。

阿瑋放鬆地吐了一口氣，可緊接著，他察覺到四周有陰影環著他。他下意識地仰起頭，瞧見下午來的團體客正圍在他身邊，當中還有那幾名他想搭訕的漂亮女孩子。

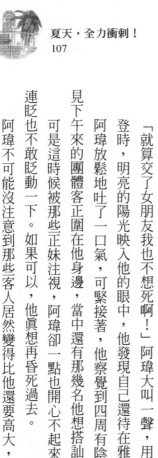

可是這時候被那些正妹注視，阿瑋卻一點也開心不起來。相反地，他瞬間冷汗直冒，眼睛連眨也不敢眨動一下。如果可以，他眞想再昏死過去。

阿瑋不可能沒注意到那些客人居然變得比他還要高大，被圍在中間的他，簡直像是小孩子一樣。

阿瑋心中湧起不妙的預感，他吞了吞口水，再戰戰兢兢地舉起自己的雙手，那是屬於動物的爪子。

阿瑋飛快地再摸向自己的臉，再低頭看向自己的肚子——原形畢露了！

「咿啊！」真實身分是狸貓妖怪的阿瑋駭叫一聲，忙不迭用雙手抱住自己的腦袋、趴在地上，尾巴遮著臉，全身瑟瑟發抖。「拜託不要扒我的皮！也不要把我烤來吃！我什麼事都沒做，真的什麼事都沒做啊！最、最多，就只有偷過兩次錢包而已！」

「你說什麼？客人的錢原來是你偷的？」一刻吃驚，立即粗魯地抓起抖個不停的小動物。

「別吃我！」阿瑋尖叫，「我不是故意的！我只是看到閃閃發亮的東西就忍不住……我後來有設法還回去了，我發誓！」

一刻沒有再咄咄逼人地質問，他盯著被自己拎住的小狸貓，半晌後咳了一聲，「既、既然他都這麼說了，那事情……我看就這樣算了吧？」

一刻就連聲音裡都沒了那股凶狠勁。

「反正他已經有把錢包還回去了嘛。」

「等一下！你真的是宮一刻嗎？」蔚可可瞠大眼，一臉不敢置信，她趕緊扯著兄長的手臂，「哥、哥，怎麼辦？宮一刻一定被什麼附身了！」

「我操！誰被附身？妳全家才被附身！」一刻的目光馬上如刀地砍過去，氣勢凶狠。「蔚商白，把你的劍收起來，老子他媽的沒有被附身！」

「蘇同學？」夏墨河直接望向蘇染、蘇冉，擁有異常視力與聽力的他們，一定能辨認出事情的眞假。

「一刻很正常。」蘇染說。

「很正常，一刻。」蘇冉也點頭，「只是老毛病犯了。」

「什麼老毛病？一刻、一刻，你有不能說的祕密嗎？」織女睜著閃閃發亮的大眼睛，「是便祕嗎？痔瘡嗎？」

「呼呵呵呵，織女大人，那白毛一定是得了那種不能說的隱疾啦。例如不舉啊，舉不起來啊，沒辦法舉啊。」喜鵲變爲平時的巴掌尺寸，飛到織女肩上，掩著嘴竊笑，「全世界的男人都會得這毛病的唷。」

幹，這什麼惡毒的詛咒？一刻差點就想遮住自己的下半身。他裝作沒看見喜鵲在說那些話的時候，眼神還毫不掩飾地瞄向牛郎，像是巴不得話中內容應驗在對方身上。

「所以是什麼毛病？快說啦，我超想知道的啦。」蔚可可的好奇心已經膨脹至最高點，「小染、阿冉，你們別再賣關子嘛。宮一刻那樣眞的很正常嗎？他明明說過他曾把溜進他家的小偷揍到對方哭著自動向警察自首耶！」

被一刻抓著的小狸貓瞬間面如死灰，像是快嚇暈過去。

「還用問是什麼嗎？不就是他喜歡娘娘腔東西的毛病又犯了。」會說出這種諷刺話語的不是蘇染，也不是蘇冉，只有一個人。

「江言一，你他媽的是皮癢嗎？那麼想被人揍就說一聲。」一刻扭過頭，陰惻惻地擠出聲音，凶暴的眼神瞪著將宮莉奈從屋子裡打橫抱出的金髮少年。

要不是礙於對方還抱著宮莉奈，一刻一定一拳揮過去。敢污辱可愛東西的傢伙都去切腹謝罪吧！

「娘娘腔？啊，是說可愛吧？」蔚可可恍然大悟地擊下掌心，「差點忘記宮一刻你喜歡可愛的東西了。」

「可愛？那小妖怪有妾身可愛嗎？」織女聞言卻不滿了，她用力地擠出一刻的臂彎，迅速將那隻小狸貓搶到懷裡抱著。她歪著頭，大眼睛眨巴眨巴地瞅著一刻。「部下三號，你說是他可愛還是妾身可愛？」

一刻覺得心頭重重一震，他不由自主地摀住鼻子，怕不小心會有鼻血滴下來。

可愛的狸貓搭上不止是一般可愛的小蘿莉……這畫面的殺傷力堪稱是凶器了！

雖然被一名像尊洋娃娃的小女孩抱在懷裡，但阿瑋卻僵著身子，連動也不敢動，完全沒有一點喜悅之情。

在他的左手邊，那名疑似有戀童癖的美男子，即使是露出優雅溫柔的微笑，可一雙桃花眼卻是冷冰冰地注視著他。彷彿只要他一有絲毫不軌，可怕的責罰就會落到他身上。

「咳咳咳，妳夠了喔，到旁邊去啦。」爲免自己抵擋不住，一刻一把又從織女懷中搶回了貍貓，將他放回地面上。「你說錢包是你偷的，爲什麼監視器畫面都沒有拍到你？」

「啊，是。那個，因爲我隱、隱身了。」阿瑋結結巴巴地說。像是要證明自己所言不假，他雙手交握，食指立起貼在一起，「隱身之術，變！」

瞬間，一陣白煙從阿瑋腳下湧出，他在這陣白煙中眞的失去身影。但不到一分鐘後又重新出現，而且看起來氣喘吁吁的，疲累得像是長跑了十幾公里。

「我的修煉……修煉得還不夠……哈，好。」阿瑋大口大口地喘著氣，「只能維持很、很短的時間……」

「既然如此。」夏墨河提出了另一個問題，「這裡的色狼也是你嗎？」

「色狼？不是，才不是！」阿瑋瞠大眼，激動地跳起來，他奮力揮動著小爪子，拚命想要證明自己的清白。「我沒有摸！就算偷偷想過，也絕對沒有摸！我比誰都想知道那個渾蛋色狼是誰？都是他的錯，害女客人減少了，這樣我夏天怎麼看正妹、辣妹保養眼睛啊！」

「說得太對了，同伴！」畢宿擠到阿瑋前面，抓住他一隻爪子猛力地握了握，小臉閃動著慷慨激昂的光芒，「沒有正妹、辣妹，人生就不是人生了！可惡，究竟是誰這麼渾蛋？這裡是咱的地盤，除了咱，居然還有人敢摸那些漂亮姊姊的胸部和屁股？咱不會原諒的，咱絕對不會原諒那個色狼的！」

「……抱歉，妳剛前面說什麼？就是『這裡是妳的地盤』的後一句。」一刻面無表情地打斷了畢宿接下來準備要發表的長篇大論。

「欸？就是『除了咱，居然還有人敢摸那些漂亮姊姊的胸部和屁股？』後面的也要嗎？」畢宿納悶，但還是應一刻的要求重新背誦出。

接著她注意到四周死寂一片，她更加納悶地抬起頭，「怎麼啦，你們幹嘛全看著咱？咱知道咱是帥啦。」

「原來如此。」蔚商白簡潔地說，已經將所有事情推敲出來。

「天啊……原來是這樣？居然是這樣？」饒是反應比較遲鈍的蔚可可也明白過來，她目瞪口呆地搖搖頭。

「喂，什麼東西原來如此？咱可是一點都不明白啊！」畢宿不悅地嚷道：「你們這是在排擠咱嗎？」

「原來如此，所以監視器才找不到犯人，那些被摸的女孩子也說沒看到犯人。」一刻彎下腰，將雙手壓在畢宿肩膀上，再把她轉過好面向游泳池，「因爲根本不會有人將一個小鬼頭當成嫌疑犯，而且那嫌疑犯還是女的……我靠！原來那色狼根本就是妳！給老子下去反省吧！」

「咦？什——哇啊！」

撲通一聲，來自天界的金牛星就這樣被人一腳踹進了泳池裡。

□

炎炎夏日的午後，天空蔚藍得看不見什麼雲，炙熱的陽光筆直地照射下來。但也就是和這份熱力相比，才能更加顯現出游泳池的清涼消暑。

由於色狼和小偷的傳聞，雅神游泳池依舊沒什麼人，只有一組下午時進駐的團體客。

「喂喂，是男的就過來再比一圈吧。」

「賭注是一刻你的假日歸屬權嗎？」

「沒錯……沒錯個頭啦！蘇冉，你是欠揍……蘇染，妳不要趁機也混進來，妳他媽又不是男的！」

「夫君加油！夫君你一定是第一名的！」

「牛郎大人請加油哪，然後不小心腳抽筋溺水也沒關係的。」

「小千，我會努力加油的！那個，墨河……拜託等會兒手下留情一點。」

「哥，一口氣通殺他們所有人吧！讓他們知道湖水的厲害！」

「小一刻、小江，加油、加油！贏了的話，姊姊今晚就煮大餐！」

「太棒了，莉奈姊，妳讓我現在就想輸了……幹，江言一，你一副絕對要贏的眼神是怎樣？你已經想不開到那種地步了嗎？」

加油聲、吆喝聲、嬉笑聲，即使雅神游泳池裡只有這麼一組客人，但還是熱鬧得不得了。

坐在救生員專屬的椅子上，阿瑋滿足地嘆了一口氣。能夠光明正大欣賞五位正妹外加一名可愛小蘿莉的感覺，真的太美好了。

恢復原形反而因禍得福，顯然那些男性們不會在意自己的女朋友被一隻貍貓盯著瞧。

摸了摸自己的小圓肚子，甩下尾巴，阿瑋繼續開開心心地讓眼睛大吃冰淇淋，覺得今日的自己眞是人生的贏家。

至於最大的輸家，恐怕就是——

「嚶嚶，虐待啊……咱要控訴這是血淋淋、赤裸裸的虐待！」

在夜晚才會啓用的游泳池照明燈下方，正倒吊著一抹矮小的身影，全身被白線綁得嚴實，只露出一顆長著金色雙角的小腦袋。

「咱不要看得到吃不到……快放下咱，咱天眞無邪又善良，虐待咱是不道德的啊——」

〈夏天，全力衝刺！〉完

七夕狂想

普通的高中生生活是怎樣的？

相信不外乎是上課、下課、補習。

宮一刻的生活差不多也是這樣，只不過他是上課、下課、和人打架、被人找上門打架。而除此之外，他還會做一件事，那就是——

追捕名爲「瘴」的妖怪！

□

「站住！他媽的還想逃到哪裡去！」

屬於少年的粗暴大喝劃破了寂靜的夜晚，同時間，一抹矯捷的人影赫然自屋頂上掠下，那兩層樓的高度對他來說彷彿輕而易舉，轉眼就見他落足於柏油路面，雙膝稍一屈折便又拔腿奔出，其身形簡直快如追捕獵物的野獸。

而前方不遠處，極欲拉開距離的矮小黑影，就正是那被鎖定的獵物！

路燈照耀之下，將一前一後的兩人影子都拉得斜長。

但奇異的是，這偌大的動靜卻沒有引來任何人圍觀。那些坐落於道路兩側的屋宅住民，就像完全不知道外界發生何事，連打開窗戶窺望的欲念也沒有。

不僅如此，附近巷弄內也絲毫不見人車的蹤影，彷彿世上就眞的只存在那兩抹追與被追的身影。

被追的那方即使在水銀色的路燈映照下，也難以看出外貌。眼所能見就只是一團古怪的黑暗，黑暗上還有兩隻散發不祥光芒的猩紅色眼睛。

任誰一看立刻都能明白，那絕對不會是人類。

相較於那宛如異形生物般的存在，追人的那方則是一名年約十六、七歲的少年。一頭白髮囂張炫目，和其桀驁不馴的五官是如此相襯。尤其是那雙眼睛，銳利凶狠，還有一份同年齡之輩罕有的戾氣，只要一對上視線，就會令人覺得自己像是被蛇盯住的青蛙，再也動彈不得。

「操！叫你站住是聽不懂人話嗎？」眼見前方的黑影完全沒有要停下的意思，心情本來就不愉快，如今更是追到心頭火起的一刻狠厲了一雙眼，左手無名指上的一圈橘色光紋乍閃光芒。

下一秒，本來空無一物的右手掌心內竟是平空握住一柄如劍細長的白針。

「敢妨礙老子回家看『可愛動物大集合』的傢伙都去……幹！」已經來到舌尖前的話語刹那間轉成了一句髒話，一刻一邊緊追前方黑影，一邊用空著的左手摸向口袋，掏出偏偏要選在此時響個不停的手機。

螢幕上閃動的是「夏墨河」三字。

「馬的，夏墨河，有話快說有屁快放！」也不管對方是自己為數不多的朋友之一，一刻劈頭就是火氣十足地罵道。

「一刻同學，我人在一〇九巷，你現在的位置是？」似乎對一刻凶暴的語氣不以為忤，手機另一端傳出了不慍不火的溫和嗓音，聲音介於中性，讓人聽了就覺得悅耳。

「一〇五巷。」一刻飛快地瞥了一眼離自己最近的門牌，報出上面的數字。

「了解，尤里會比我快到，他已經在一〇七巷了。」說完這句，手機另一端就俐落地結束通話。

一刻也不打算打回去再追問，他目光鎖定與自己依舊維持大段距離的黑影。正當他要扔擲出手中白針的瞬間，身後竟是無預警地傳來一聲氣喘吁吁的大叫。

「一刻大哥，蹲下！」

一刻沒有多加思考，馬上反射性地蹲下身子，隨即他就感受到頭頂上方有什麼快速地呼嘯而過。

聽見那聲大叫的不單是一刻，還有那抹矮小的古怪黑影。只是他不像一刻依言動作，反而是下意識地扭頭一看。

那雙猩紅色的眼睛陡然睜大，倒映在瞳孔內的是一柄越來越近的大剪刀。

烙印著天藍花紋的鐵色大剪刀在空中快速地迴轉過來，鋒銳的尖端閃動著危險的光芒。

面對逐漸逼近的危險，黑影爲求自保，不假思索地張嘴一吐，一團火球頓時在空氣中生成，迎面撞上了那柄大剪刀。

剪刀劃開火球，仍然是筆直地飛過來。

沒想到連最基本的攔阻也做不到，黑影在這一剎那慌了手腳，來不及再做出反應，登時只能眼睜睜地見大剪刀飛來。

當冰冷刀鋒就要切過身體，黑影不由得閉起眼睛，等待痛苦的降臨。

一秒、兩秒、三秒，任何痛楚都沒有傳來。

黑影一愣，反射性再睜開眼，他發現自己的身體完好無缺，連道裂口也沒有。

至於那柄大剪刀，就掉墜在他的背後，先前的來勢洶洶如今看起來就像是一場虛張聲勢。

雖然不知道出現在白髮少年身後的胖子，怎麼會使出這麼一記毫無殺傷力的攻擊，可是黑影也不會因此傻得浪費掉這次的機會，他毫不猶豫地轉身就想逃。

「線之式之八，蛛網！」

只不過黑影萬萬沒料想到，他還沒跑出巷口，第三人的聲音就已在巷內響起。

下一秒，他發現自己居然一頭撞進了一張大網裡，柔韌的絲線將他反彈，使得他控制不住地連退兩步。

還沒有等他弄清楚眼前這張無中生有、把巷口全部封堵住的白色線網是怎麼回事，另一股更強烈的危機感已急速逼來，讓他不由得寒毛直豎。驚慌回頭，立即撞進一雙凶狠猙獰的眼睛裡。

來不及思考眼下發生了什麼事，黑影就感覺到銳物刺進他的身體裡，如劍細長的白針簡直像切豆腐一樣，異常輕鬆地就突破他理應堅硬的皮膚。

黑影的紅眼瞠大。

「管你是什麼東西，乖乖受死吧！」一刻瞬間再一使勁，白針從黑影的後背貫穿出來，「然後把身體還給原來的主人！」

隨著白針飛快抽出，擋在黑影之後的白色線網也隨之鬆解。

就見黑影搖搖晃晃地踉蹌一、兩步，接著矮小的身子突然像氣球一樣漲大。

「夏墨河、尤里，快退！」直覺危險的一刻馬上大喝。

被開了一個洞的黑影還在膨脹，當他幾乎堵住巷子的時候，「砰」地一聲，他就像漲到最極限的氣球爆炸了。

幸好一刻等人退得快又退得遠，沒有受到太大的波及，只是覺得那聲響好比半夜忽然有人放了鞭炮。

但就算是這麼猛烈的爆炸聲，依然沒有引來附近住家開窗探望究竟。

——不會有不相關的第三者跑過來看的。

因為這周圍地帶都被圍起了結界。

看似和尋常少年沒什麼不同的一刻、夏墨河、尤里，其實是神使。正是他們圍起結界，不讓他人捲入他們追捕瘴的行動中。

神使，是神明在人間的使者，擁有著神明所分予的部分神力，負責消滅在人間作亂的妖怪，尤其是以吞噬人心的瘴為主。

「天啊，那聲音差點嚇死人了……」尤里放下摀著雙耳的手，一張圓臉寫著驚悸猶存。他是一名看起來憨厚老實的小胖子，時常掛著樂天的笑。這樣的他擁有著一名校花女朋友，這點不知令多少男性又妒又恨，「我覺得我耳朵好像都還在嗡嗡響耶……」

「確實是很驚人的爆炸聲，沒想到對方被消滅前還會來這樣一手。」緊接著說話的是夏墨河，白皙秀麗的五官讓他像畫中人優雅，一頭比多數女孩子還要烏黑柔滑的長髮紮綁成馬尾，身上的衣著是走中性休閒風，乍看下幾乎令人要錯認為是名美少女。

事實上，這個容易被誤認成美少女的美少年有著中度女裝癖。對他來說，不管是穿男裝或女裝，都是再自然不過的事了。

「反正事情解決就解決了。尤里，等等把結界收一收，我要回家看電視了。」一刻大手一揮，下達了含有眾人可以解散意味的命令，全然沒有想過要去觀看一下那名被瘴寄宿的受害者一眼。

對他而言，那瘴消滅就已經是盡了神使的責任，後續處理不在他的範圍內。更何況，如果不是對方的欲望失衡引來了瘴，也就不會使得自己落入被吞噬的下場。

「可是，一刻大哥，那個人……」尤里瞇起眼睛，努力地往前方看，「那個人好像是小孩子耶。」

小孩子？這個名詞倒是釘住了一刻的腳步。

就算外表看起來凶惡不良、染著白髮、雙耳掛了多個耳環、眼神嚇人，可實際上，一刻對可愛的人事物向來缺乏抵抗力，更遑論是可愛的小貓、小狗、小孩子了。

「如果是小孩子的話，就不好直接將他丟在這不管了。」夏墨河沉吟一聲，「恐怕得設法將他送到警察局外……不過，這似乎是我們第一次碰上年紀那麼小的人成爲瘴的宿主。」

「管那麼多，先確定是不是小鬼再說，說不定就眞的只是個矮子而已。」一刻不多廢話，他伸手召回躺在路面上的白針，鋒利的武器立刻化作光束，一晃眼就飛回他左手無名指的橘色花紋裡。

見狀，夏墨河和尤里也一併跟上。

隨著雙方之間的距離越來越近，一刻可以看清那名趴躺在地面、一動也不動的人影，確實是屬於孩童才會有的矮小體型。

從那頭短髮以及身上的衣物來看，明顯是個男孩子。

不不不，只是這樣的特徵，不足以證明他真的是男的。

一刻想到自己就認識一個活像個粗野小男生的小女孩。

況且……一刻暗暗瞥了身邊的夏墨河一眼，這小子則是「看起來像女的，其實是男的」的最佳寫照。

那名短髮孩童面朝下地趴在地上，似乎失去了意識。

一刻皺著眉，在那副瘦小身軀前蹲下。就在他伸出手的一剎那間，以爲徹底失去意識的身軀居然有了動靜。

短髮孩童猛地抬起頭，露出一張稚氣可愛的臉龐，然而那雙眼睛卻是染著金黃的色澤，在夜間小巷裡如同在發亮。

那不是人類會有的眼睛！

「幹！所以這小鬼不是人!?」一刻大驚，急忙縮回手。

同一瞬間，那孩子也像受到驚嚇地飛快躍起，往後跳了一大步。他警戒萬分地盯著一刻等人，隨後他就像憶起什麼，金眸越睜越大，瞳孔也迅速地縮小，成了針尖般的形狀。

還沒等一刻他們覺得那雙眼睛似曾相識，小男孩已經咬牙切齒地開口了。

「我想起來了……你們在攻擊我，你們在追殺我……你們是邪惡又貪心的人類！你們一定是想扒了我的皮，賣給所謂的黑市！」

「黑你去死！你是腦袋撞壞了嗎？」一刻反射性火大回罵，那凶獰的氣勢令小男孩不禁畏縮了一下。

「等等，一刻同學。」夏墨河連忙抓住一刻的手臂，「別刺激他，他剛從瘴的控制中解脫，現在的記憶可能有點混亂……恐怕他記得我們追捕過他，卻忘了自己被瘴吞噬。他畢竟不是人類，我想我們還是解釋以免……」

來不及解釋了！

金眼小男孩看見自己的腳邊附近有一柄大剪刀躺著，天藍的花紋讓他覺得格外眼熟。剪刀……向自己飛來的剪刀……想要切過自己身體的剪刀……！

小男孩倒抽了一口氣，小臉變得蒼白，可金眸裡卻像燃著火焰。

任誰都看得出來，小男孩定是對那把鐵色大剪刀產生了誤會。

「哇啊！對、對不起！一刻大哥、墨河，我忘了收，我馬上就收！」尤里緊張得都想咬指甲了，他一點都不希望事情因爲自己的關係越變越糟。

「慢著，尤里！」夏墨河想要阻止尤里的行動，卻還是慢了一步。

在眾目睽睽之下，那柄大剪刀轉眼化作光束，迅雷不及掩耳地鑽入尤里左手掌心的天藍花紋裡。

金眼小男孩的目光盯住尤里了。

「尤里，你這白痴……」一刻幾乎是用著恨鐵不成鋼的語氣擠出字。

「咦？啊……」尤里慢一拍地反應到一個更糟的事實。

——這時候主動收回武器，無疑是向他人宣告武器的擁有者是誰。

「那個，現在再假裝不是我的來得及嗎？」尤里小小聲地說，「呃，雖然我猜是……」

「原來是你，原來就是你這個人類胖子想對我心懷不軌！堂堂的妖狐族豈會讓你欺凌！」小男孩大吼一聲，嘴裡牙齒變得如野獸般尖銳，頭頂兩側也冒出獸類才會有的黑色毛絨耳朵，臀部上更是多了一條黑色的狐狸尾巴，「人類，納命來——」

「咿！」尤里煞白了臉，想再召出武器卻又怕加深這場誤會，一時別無他法之下，只能狼狽地滾地閃躲，躲開那抹急速撲來的瘦小身子。

「線之式之一，封纏！」夏墨河迅速出手，指間白線掠出。

可沒想到小男孩眼內異光一閃，身周瞬間浮現一圈橘紅火焰，將白線給吞吃殆盡。緊接著他更是張口再一吐氣，一團火球擊向了夏墨河。

趁著夏墨河一時抽不出心力，小男孩回頭又鎖定尤里，凶狠地撲了過去，利爪、獠牙泛著森寒光芒。

「有仇必報，此為我等妖狐族的驕傲！」

「我操！驕你老木啦！」

比小男孩的速度更快的，是一隻猝不及防探來的手臂，五根如鋼鐵堅硬的手指一瞬間硬生生地拽扯住對方的後領。

「嗚！」小男孩因為這突來的一扯，發出了像是窒息般的呻吟聲，旋即他更驚恐地發現到自己竟被人一把提得高高的，就像小貓被人拎在空中。

「放……放開我！你這可惡的人類，我命令你放開我！」小男孩強忍驚惶，氣急敗壞地大叫道，小腿踢蹬，巴不得踢上抓住他的白髮少年一腳。

「放開你？你當老子腦袋浸水嗎？」一刻陰惻惻地扯開冷笑，那雙凶暴的眼睛嚇得小男孩不由自主地噤聲。

「一刻同學，這樣會讓我們變得更像反派角色哪。」夏墨河有些傷腦筋地說，但唇角卻是含著笑。

尤里覺得夏墨河並不像表面看起來那麼傷腦筋，反而更像是樂在其中。

「嗤，老子也沒說過自己是正義使者。」一刻的目光轉回小男孩臉上，就算對方獸耳、獸尾的模樣稱得上可愛，但是……「妨礙我回家看『可愛動物大集合』的傢伙都該去死！」

一刻的冷笑頓時成了獰笑，下一秒他將小男孩放回地面，卻不是要放人逃走，當然也不可能真的置人於死地。他只是將人一把壓在自己腿上，大手揚起，毫不留情地狠狠抽了對方幾下屁股。

妖狐族的小男孩似乎從來不曾被人這樣對待，他呆愣住，臉上寫著不敢置信，等到他被一刻丟至地面，還像是回不過神來。

「欠人教訓的小鬼就是要直接打一頓，誰管你他媽的是哪個族？你當我們很閒才救你嗎？把事情弄清楚前少在那亂吠。」一刻居高臨下地俯視著小男孩，眼神冰冷嚇人，「回去跟你們族的其他人學學。」

「你……」小男孩想要大聲辯駁什麼，然而對方那身氣勢卻震懾得他聲音堵在喉嚨裡。

直到那名白髮少年偕同同伴轉身離去，他才終於尋回了一點聲音。

小男孩捏緊拳頭、肩膀顫抖，又想哭，又覺得深深地屈辱。

「不會原諒……我不會原諒你的……」小巷盡頭，金眼的妖狐族小男孩用盡力氣大喊，「你這個頭髮跟漂白水沒兩樣的人類！以我明昊的名字爲誓，我要詛咒你——我詛咒你會失去最重要的東西！」

「小孩子最好懂得什麼叫適可而止。線之式之一，封纏！」夏墨河素來溫和的眼一冷，不待一刻有所反應，他已快一步行動了。隨著他的意志，多條白線自他指間竄出，飛也似地襲向小巷盡頭。

可是，卻撲了一個空。

路燈的水銀光芒還是照耀在原地，但上頭已經沒了人。

那個有著獸耳、獸尾的金眼小男孩像煙霧般消失了，彷彿他的存在只是一場錯覺。

「居然，讓他跑了……」夏墨河訝然地喃喃，隨即飛快轉身，伸手抓在一刻的手臂，柔軟的眉眼此刻看上去嚴肅無比。「一刻同學，答應我一件事，回去盡快與左柚同學聯絡。我擔心事情不會那麼簡單，那名妖狐會說出那種話，恐怕不是純粹說說而已。」

「有必要找左柚嗎？你未免也太大驚小怪了，那小鬼只是嘴炮而已吧？」一刻卻是不以爲然。他三不五時就跟人打架，三不五時就收到那些和馬後炮沒兩樣的威脅，事實也都證明那群手下敗將就只會出張嘴。

況且，他一點也不想因爲這種無聊小事就惹得左柚擔心難過，他不願意見到那雙美麗的眸子泛起霧氣。

「夏墨河，你操心過頭了。不准私下聯絡左柚，否則老子翻臉。」一刻拉開那隻抓著他的手，對兩名同伴扔下了警告，「尤里，你也是。」

「什……不行、不行！」一向沒什麼意見的尤里這次卻極力搖頭反駁。

「一刻大哥，我覺得墨河說得沒錯。那個可不是普通的小孩，他是妖狐族的，和左柚是同一族，就算年紀再小也還是妖怪，沒人可以肯定他的詛咒會不會生效……所以拜託你了啊，一刻大哥，你一定要和左柚聯絡才行的！不然我跟墨河都會擔心到睡不著覺的，我睡不著就容易吃不下東西，這樣小千也會擔心我！」

「靠杯啦，你是眞的在擔心我嗎？」越聽越覺得哪裡不對勁，最後一刻乾脆惱怒地巴了尤里的腦袋一記。

「一刻同學，尤里說的也很有道理。你想想看，要是尤里吃不下東西，花同學就會擔心，她一擔心，就會想拚命準備東西給尤里吃。我相信你也不希望見到自己的朋友被人一天餵八餐吧？」夏墨河蹙起秀麗的眉，語重心長地說。

「喂喂喂，弄到最後爲什麼變得全都是我的錯？」一刻惡狠狠地瞪著根本是一搭一唱的兩個朋友。

「沒有沒有，這絕對不是一刻大哥你的錯，你想太多了，眞的！」尤里立即搖搖手，「我和墨河都只是擔心你，一刻大哥。總之就是，要是你不和左柚聯絡、裝作沒這回事的話，那我就只好……」

「只好怎樣？」一刻雙手抱胸冷笑，「打一架嗎？」

「只好通知小染和阿冉了！」尤里掏出手機，大聲說道。

一刻的冷笑頓時僵住了。

熟識他的人都知道，這個天不怕地不怕、凶名在外的白髮少年，卻有一對專門像是來剋他的青梅竹馬，蘇染、蘇冉。

身爲攣生姊弟的他們，將一刻看得比誰都重要。可也就因爲如此，使得他們幾乎快衍生出跟蹤狂屬性——一刻不想承認不是「快」，而是「已經」。

「一刻大哥，小染和阿冉都交代過，要是你發生什麼事，一定得告訴他們……所以說，你覺得和左柚聯絡，還是現在和小染他們聯絡比較好？」尤里笑咪咪地說，仍是一臉憨厚老實。

一刻鐵青了臉，沒想到看似無害的小胖子居然冷不防給他來這麼一手。

「馬的，你們贏了……我會和左柚聯絡，這樣總行了吧！」一刻最後只能自暴自棄地低吼道，裝作沒看見兩名神使同伴露出的笑臉。

幹，眞的是刺目極了。

□

好不容易擺脫沿路不斷提醒一定要打電話給左柚的兩名朋友，一刻一踏進家門，頓時爲耳朵的清靜感動了一把。

「一直唸、一直唸……是當我三歲小孩會忘記嗎？而且小屁孩隨便說出來的話，根本不用擔心嘛。」一刻嘴上咕噥，彎腰在玄關前換下了鞋子。當他踩上走廊的時候，還可以聽見客廳裡傳來電視的音響以及屬於小女孩的咯笑聲。

沒有繞進客廳裡看一眼，一刻先走到廚房。勞動了一個晚上，預定要看的節目也早已播完，還被一個不知感恩的臭小鬼詛咒，他決定要好好地慰勞一下自己。

像這種時候，甜食最能治癒人心了，尤其是可愛又美味的甜點。沒錯，就是那個，他今天一早特意去排隊，總算搶到最後一個的限量商品——莓果手工布丁！

一刻並不是特別偏愛甜食，不過他對造形可愛的東西向來無抵抗力。而外表粉紅，還用小巧玻璃瓶盛裝的莓果布丁，對他來說更還有一份特殊的意義。

每到暑假的這時候，他總會想辦法買到一個回來享用。

抱持著愉悅的心情，一刻打開冰箱，準備拿出那個他還特定寫上「我的，不准吃」的布丁。

但是，布丁並不在原來的地方。

一刻愣了愣，他彎下身子，一雙眼睛銳利地往冰箱各處掃視一遍。所有東西都擺得整整齊齊，可是就是不見那個粉紅色布丁的身影。

沒有沒有，到處都沒有。

一刻甚至不死心地連冷凍庫也找了，想當然爾，那裡也不會有布丁的蹤跡。

「小一刻，你回來了啊。」從二樓下來，發現廚房內有動靜的宮莉奈探進頭，「要不要吃餅乾？我們補習班之前一起團購的東西來了，我放在客……」

宮莉奈的話還來不及說完，就見冰箱前的白髮少年猛然轉過了頭，大步流星地向她走來，一雙眼睛更是像雷射光似地朝她射來。

「小、小一刻？」這名清秀的娃娃臉女子嚇了一跳，下意識立正站好，腦海中拚命思索自己今天應該沒做什麼會惹怒堂弟的事。她沒亂動洗衣機和廚房，客廳的報紙有記得疊好，房間也只弄亂三分之一……

「莉奈姊。」一刻的眼神嚴厲。

「是！」宮莉奈連忙挺胸站直。

「妳有看見我買的布丁嗎？粉紅色，還用玻璃瓶裝的那個。」一刻一字一字地問。

「哎？你說布丁？」宮莉奈可沒想到話題會是這個，她暗暗鬆了一口氣，慶幸對方還好不是要跟她討論房間的乾淨與髒亂，「你是說『法爾緹娜』家的莓果布丁嗎？我記得我去洗澡前還看到它在冰箱啊……我沒吃，小一刻，姊姊我絕對沒有把它吃掉的，我知道那家的布丁對你來說是特別的。」

「特別？什麼東西特別？」一道稚氣的聲音無預警地插入，一顆小巧的黑色腦袋同時從宮莉奈背後冒出來。

那是一名外貌如同洋娃娃精緻的小女孩，細眉大眼、嘴唇紅潤，穿著一身滾邊小洋裝，正是寄住在這個家的織女。

她不止和神話人物同名，還是「牛郎織女」中的那位主角本尊。

自從一次意外救了一刻一命後，便賴在這兒不走，還對宮莉奈施加了暗示，使她以爲自己原本就是這家的一分子。除此之外，她更是一刻、夏墨河和尤里的神力賦予者。

聽見織女的聲音出現，一刻和宮莉奈下意識轉過了頭，然後他們的視線頓時都停佇在某一點上。

「所以是什麼東西特別不特別的？快告訴妾身啊！」見兩人都不開口說話，織女揮動著小湯匙，「排擠妾身是萬萬不准的。」

「織女……」宮莉奈開了口，她小心翼翼地問著，「妳手上拿的那個，是從哪裡來的？」

「這個？」織女狐疑地盯著小湯匙，再看看表情古怪的宮家姊弟，「不就是烘碗機裡拿出來的？妾身拿湯匙吃布丁有哪裡不對嗎？」

「妳用筷子吃他媽的也不關我的事。」一刻咬牙切齒地說，「誰問妳湯匙了？我他媽的是問妳那布丁哪來的！」

「當然是冰箱啊。一刻，你怪怪的，怎麼淨問妾身這種問題？」織女皺皺鼻子說。

「等一下，小一刻，你冷靜一點！」幾乎在織女一說完，宮莉奈就像嗅到某種危險，立刻擋在織女和一刻中間。

「我很冷靜。」一刻說，即使他的聲音聽起來一點也不像如此，「織女，妳說妳是從冰箱裡拿的……妳該死的是沒看見上面有寫字嗎？啊？」

「看見了啊。」織女挺起小胸膛，「一刻你很奇怪耶，沒事幹嘛還幫布丁寫字？」

「幹拎娘啊！我寫字就是要妳不准吃！妳那兩顆眼睛是沒看清楚上面寫什麼字嗎？」

「太失禮了，妾身當然有看清楚。但你的就是妾身的，妾身的還是妾身的，所以冰箱裡的所有布丁通通都是妾身的！」

瞪著黑髮蘿莉抬高下巴、一副理直氣壯的模樣，一刻覺得自己的理智神經斷裂了。

同一時間，宮莉奈的腦海也發出了警報。

「慢著，小一刻！」最了解自家堂弟性子的她馬上用最快速度抓住對方的肩膀，要他好好看著自己的眼睛，「聽姊姊的話，深呼吸，不要衝動。我知道你很生氣，但是跟我唸一次，『謀殺自己的妹妹是犯法的』，千萬別想不開做傻事啊！」

「什麼什麼？到底是怎麼了？妾身一點也不明白呀！」織女一頭霧水地看看緊張的宮莉奈，又看看似乎處於暴怒狀態的一刻，「一刻，你爲什麼要生氣？難道是因爲妾身吃了你的布丁？不行哪，男人的肚量怎麼可以小成……」

「小妳老木。」一刻的聲音是從齒縫間擠出來的，他沒有大吼，但是比平常低的嗓音卻充滿著風雨欲來的壓迫感，「當我寫了不准吃的時候，那就只代表一個意思。我現在就告訴妳，我非常火大。織女，不想讓我抓狂的話，今天他媽的都別來房間煩我。」

織女眞的被一刻罕見的怒氣嚇住了，她張著嘴，眼睛睜得大大的，聲音一時間卻出不來，只能眼睜睜看著一刻撥開宮莉奈的手，看也不看她一眼，面無表情地大步走出廚房。

一直等到那抹氣勢嚇人的身影消失，織女又才像終於反應過來。

「什……太過分了！一刻這是什麼態度？他居然這樣對妾身，就爲了一個布丁？」織女不敢置信地大叫起來，小臉上是氣憤揉著委屈，就連那雙傲氣十足的烏黑眸子裡也是隱隱閃著霧氣，「妾身難道比區區一個布丁還不重要嗎？」

「可是織女，那對小一刻來說不是區區一個布丁哪。」宮莉奈蹲了下來，輕聲地說道：「叔叔、嬸嬸，也就是小一刻的爸爸、媽媽……他們以前在暑假的時候，都會特別到『法爾緹娜』排隊，買他們家的莓果布丁給小一刻吃。所以那個布丁，對小一刻來說眞的是非常非常特別。」

對於父母已雙亡多年的一刻而言，那不單單是一個布丁，更是一份獨特的回憶。

「就、就算是這樣，但妾身明明也是……」織女的聲音小了下去，裡頭出現細不可察的哽咽，「妾身明明也是……」

「織女？」宮莉奈擔心地看著那張交織多樣情緒的小臉。

「妾身……妾身才不會主動向一刻道歉！」織女就像是逞強般高聲說道，她揉揉眼睛，重新抬起了臉蛋，「因爲妾身明明也是啊！難道妾身對他來說就不特別、不重要嗎？所以所以，才不會主動道歉的！」

「織女？等等，織女！」沒想到那抹嬌小身影說跑就跑，宮莉奈要喊住已是來不及。

聽著織女乒乒乓乓地衝上二樓，宮莉奈苦惱地呻吟一聲。她抓抓已經亂七八糟的長髮，坐進了一張椅子裡，重重地嘆了一口氣。

「這下傷腦筋了……明天該怎麼辦才好？都已經準備得差不多了，怎麼偏偏……天啊，我頭好痛……」

□

不知道一樓的宮莉奈正陷入莫大的煩惱中，織女提著裙襬，一路衝上了二樓走廊。她沒有馬上回到自己房間，而是在一刻的房門前停下。她試探性地小心轉動門把，發現房門竟然是上鎖的。

「部下三號……一刻！」織女深吸一口氣，然後在門外喊道：「現在主動跟妾身和好的話，要妾身不生你的氣也是可以的！」

房門後一片靜悄悄，連點回應也沒有。

「你有沒有聽到？一刻！」織女不死心又拉高聲音說，「你要和好的話就趁現在，否則……否則妾身就離家出走給你看！」

房間裡依舊沒傳出丁點聲音。

織女咬著嘴唇，握緊拳頭。

那名白髮少年從來不曾像現在這樣無視她的存在，就算以往再怎麼怒氣沖沖，最後也還是會像投降一樣地對她露出無可奈何的表情。

一點也不像現在，一點也不像現在……

「妾身知道了，妾身就離家出走給你看！妾身再也不煩你行了吧！」織女幾乎是倔強地嚷出這句話，還用小腳踢了門板一記，隨後才重重踩著步伐，回到自己房間裡。

「砰」地一聲，大力的關門聲驚動了坐在窗台前、戴著耳機聆聽音樂的巴掌大人影。

綁著數條細辮子的少女回過頭來，在瞧見織女微紅眼眶後，那雙古靈精怪的眼眸陡然睜大，先是吃驚，緊接著換上了憤怒。

「織女大人！誰欺負妳了？誰敢欺負妳了？」喜鵲迅速地拔掉耳機，背上黑翼一拍，趕緊飛向了織女，「喜鵲我去幫妳教訓他們，是那個可惡的白毛，對吧？」

「不是、不是，跟一刻沒有關係！」織女爬上床鋪，用棉被摀著頭，悶著聲音大叫道：

「才跟他沒有關係！」

「織女大人……」喜鵲變回了和正常人無異的體型，坐在床沿邊，想要看清織女的表情。但織女的棉被蓋得死緊，連一雙眼睛也不肯露出來，「織女大人，不能告訴我發生什麼事嗎？」

「什麼事也沒發生。」織女悶悶地說道：「一刻是豬頭……可妾身覺得自己更糟糕，妾身不是有意說出那些話的，妾身只是……」

喜鵲不追問，耐心地等候織女主動再開口，縱使她的心裡是認爲不管千錯萬錯，都絕對不會是織女的錯。

所以，一定是那個腦子裡只有裝豆腐渣的白毛不好！

安靜地守在床邊，喜鵲的腦海中已經轉過無數種虐待那名白髮少年的方法。

「喜鵲。」

「是，織女大人，我沒想要怎麼虐待那白毛的，我眞的沒想！」喜鵲幾乎是反射性地說。

「虐待？」棉被終於拉下幾寸，兩顆烏黑明亮的眼睛露了出來。

「不是，織女大人妳聽錯了，喜鵲我剛什麼也沒說。」喜鵲立即用最快速度否認。

「其實妾身剛也沒有聽得很清楚……」織女困惑地回望著喜鵲，隨即又把棉被拉上，又一次悶在被子裡說話，「喜鵲，妾身知道自己很任性，可是明天妳可以再陪妾身任性一次嗎？就算這樣做，對……很過意不去，因爲明天明明是如此重要，但妾身……」

「明天？」喜鵲轉頭看了牆上的月曆一眼，她的眸子瞬間閃亮起奇異的光芒，一雙手更是熱切地握住織女的小手，「明天沒問題的，織女大人，就那樣做吧，請務必要那樣做。剩下的我會負責處理好的，一定安排妥當！」

「眞的？妳覺得妾身這樣做很好？」織女坐了起來，也不在意自己的一隻手被人緊緊握住，原先還微紅的眼眸裡出現一絲光采。

「好到不能再好了，一定能給人大大的驚喜。而在驚喜之前，當然要先準備驚嚇，這樣才更讓人永生難忘。」喜鵲的聲音飽含著熱度，雙眼堅定地凝望織女，「織女大人，我們就這麼做吧。」

「沒錯，就這麼做！」織女小臉上的奕奕神采全都回來了，她的眸子像在發亮，她就像已經把之前的不愉快都拋到九霄雲外。沒有浪費時間坐在床上，她立刻跳下了床，光著腳丫衝到書桌前，找出紙筆，埋頭努力地寫著什麼。

見織女的精神回復，喜鵲的唇角揚起滿足的笑，然後她拿出自己的手機，從通訊錄中叫出了一個名字出來，再將想說的話輸進了簡訊裡。等到最後一個字輸入完畢，纖白的拇指按下了傳送鍵。

過不了幾分鐘的時間，喜鵲手中的手機就發出「嗶、嗶」的音響。

「是妾身的手機嗎？」織女停下筆，下意識地回過頭。

「不是呢，織女大人，是我的手機。」喜鵲露出了若無其事的甜美笑容。

待織女又轉回頭，這名綁著細辮子的荳蔻少女打開收到的簡訊，嘴角彎起了滿意的弧度。

簡訊發件人的名字是畢宿，至於簡訊內容則是——沒問題。

□

一刻是被自己設定的手機鬧鈴給吵醒的。

當那規律的嗶嗶聲變得越來越響亮，再也無法讓人忽略的時候，被窩裡總算探出了一隻手，往床頭櫃上摸索著手機。

白髮少年費力地睜開痠澀的眼睛，看清手機螢幕上的時間。

八點四十五分。

他將鬧鈴關掉，頂著一頭翹得亂七八糟的白髮坐起，窗外的陽光透過窗簾照進來，卻沒有辦法讓他的腦袋成功地開始運轉。

一刻突然又一頭倒回了床鋪，眼睛閉上，腦海裡則是開始思考今天是禮拜幾。

今天是禮拜四，八月二十三日……還在放暑假，雖然也快結束了。

接著，一刻不可避免地也想起昨晚發生的一切。

他和尤里、夏墨河去追捕瘴，沒想到被瘴寄生的宿主竟然是一名妖狐族的小鬼。那名小鬼回復意識後，將他們誤當成敵人，展開攻擊不說，還下了一個詛咒……然後回到家，就是和擅自吃掉他布丁的織女大吵一架。

「噢，該死的……」一刻呻吟一聲，想到自己忘了打電話聯絡左柚。昨晚和織女吵架後，他就完全忘記這回事了。

晚點再打也沒關係吧？反正也沒出什麼事。一刻重新坐起身，他抓抓一頭白髮，比起詛咒，心裡更在意的是織女。

昨晚他不是沒有聽見織女在他門外喊的話，但是那時他還在火氣上，他不想控制不住說出什麼傷人的句子。

只不過一回想起自己昨夜的言行，一刻忍不住還是想給自己一拳，他真的是氣瘋了，否則怎麼會跟一個小鬼認真地吵。

就算織女的確吃掉他的布丁，他也不該……

「太棒了，一早起來就覺得昨天的自己眞是個混帳。」一刻抹了一把臉，起身下床，決定刷牙洗臉完畢，再出去找織女道歉。

只是一刻可沒想到，當他來到一樓時，不管廚房或客廳都沒見到那抹嬌小的人影。

該不會還在生悶氣，躲在房裡不出來吧？

一刻這麼想的同時，轉頭望向坐在沙發上看報紙的宮莉奈，「莉奈姊，織女沒下來？」

「還沒看到她的人喔。」宮莉奈將報紙下移，美眸端詳著自己的堂弟，「小一刻，你還在生氣嗎？織女雖然不對，不過她也不是故意的。」

「我知道她不是故意的，我現在也沒生氣，哪來那麼多氣好生？」一刻吐出了一口氣，「我去樓上看看她的情況。莉奈姊，報紙看完不准亂丟，把地上的廣告單撿一撿，不要以爲我沒看見。」

「小一刻，你的眼睛也太利了，這樣感覺真像愛刁難人的繼母……啊哈哈，沒事，我什麼都沒說。」在一刻凌厲的目光射來之前，宮莉奈已經用最快的速度將報紙舉起，擋在自己的面前。

不想一早就將體力浪費在對宮莉奈的訓話上，一刻翻了下白眼，不搭理她，自顧自上樓。

和他先前下來時一樣，二樓的走廊仍是一片靜悄悄的，走廊盡頭的房間看起來像是不曾打開過。

「織女。」一刻敲了敲房門，「妳醒來了嗎？」

彷彿要報復他昨天的舉動，屬於織女的房間裡毫無回應，連一聲哼聲也沒有。

「織女？」一刻這次加大了音量，他確定自己的聲音已經大到足以將熟睡的人吵醒，可是房門後還是沒有絲毫動靜。

難道真的卯起來和他鬧脾氣了嗎？一刻剛一這麼想，就又快速推翻這個念頭。

不對，就算織女在跟他鬧脾氣，稱得上是護主狂的喜鵲也絕對不會就這樣默不作聲。按照以往的慣例，她早應該施展她的毒舌，夾槍帶棍地扔出話來了。

一想到這裡，顧不得沒有經過房間主人的允許，一刻立即打開了門。

部下三號，你怎麼可以如此失禮闖進淑女的房間裡！

一刻以為自己會聽見這麼一聲氣急敗壞的尖叫。

可是沒有，布置簡單的房間裡連一個人也沒有。床上的棉被還疊得整整齊齊，顯示主人早已離開的事實。

「幹，不會吧……」一刻呆立門口，想起昨晚織女的大叫。

妾身知道了，妾身就離家出走給你看！妾身再也不煩你行了吧！

「幹幹幹！那不是氣話嗎？」一刻不敢置信地低吼道，他轉身就想衝去其他房間檢查一遍，然而書桌上用書本壓住的信封卻拉住了他的腳步。

一刻走上前，發現被書本壓著以防飛走的信封有兩個。一個是署名給自己，另一個則是寫著「給牛郎大人」。

光看那稱呼，一刻就知道是喜鵲寫的。

沒有擅自拆開他人信件的習慣，一刻直接抽出那封要給自己的信。當他看清紙上內容，他的臉色瞬間鐵青了。

「我操！這種鬼畫符最好有人能看得懂啊！」一刻大怒，巴不得將手中攤開的信紙撕成兩牛。

信紙上，看不見一個堪稱是文字的部分，反倒是歪七扭八地畫了許多圖案。

一刻自認無法跟這種東西溝通。

「給一刻，妾身決定離家出走了，不用來找妾身了，不過要找的話也不是不可以……」一道醇滑悅耳的男聲無預警地在一刻背後響起。

一刻頓時像野貓炸毛，反射性就是往後重重一個肘擊，接著在對方痛呼的剎那間轉身，握緊的拳頭就要直接轟上闖入者的臉——如果不是他及時看清那名「闖入者」的長相的話。

「牛……牛郎!?」一刻硬生生收住拳頭，震驚地瞪著摀住肚腹、跌坐在地的俊美男子，「操，你是什麼時候來的？莉奈姊就這樣讓你上來？」

「痛痛痛……一刻你出手眞是不留情……」牛郎擠出個虛弱的笑容，發白的臉色顯示一刻剛撞過來的那擊有多重。

「誰知道你會突然出現在我後面？」一刻嘴上抱怨，但也知道自己出手的力道，心中不免浮上了一絲愧疚。他彎下身子，朝牛郎伸出手，讓對方可以借力站起，「所以呢，你到底是怎麼混進我家的？」

「暗示和幻術都很好用。」牛郎吸了一口氣，設法站直身體，「我只是讓你的堂姊以爲我也是這個家的一分子。」

「眞是夠了……老子總有一天會跟你們這群傢伙收房租。」

「其實我不介意繳交的，如果一刻你願意讓我和織女同住一間房。」牛郎微笑。

「別開玩笑了。」一刻倒是毫不客氣地打斷對方的妄想，「我可不想天天看你和喜鵲引發世界大戰，我家鐵定會被你們拆的。那麼，你看得懂這玩意？」

「我不覺得有哪裡看不懂。」牛郎一臉困惑，像是不明白一刻為什麼無法理解信件的內容，「一刻，你和織女是在玩什麼遊戲嗎？」

「等一下，你是哪隻眼睛看見我在跟她玩遊戲？」壓下想對牛郎前半句話吐槽的欲望，一刻不敢置信地低吼出聲，「你自己剛不是都唸出來了？那小鬼離家出走了……幹，她居然眞的敢離家出走！」

「不可能，織女不可能選在今天離開，留下我一個人。」牛郎斬釘截鐵地否認，全然不將一刻的話當眞，「我們已經約好了，所以我才會過來接她。」

「就算你這樣說，也沒辦法改變她留下的這封信和人不在這裡的事實。」

「不對，她一定是在跟你鬧著玩的，一刻，她等等就會出現了。」

「出現你妹！你是多不想承認織女離家出走的事？」

「並不是這樣，今天是如此特別的日子。我的妻子，我的織女，絕對不會捨棄今日的約會。」

「但是她該死的就是留信落跑了！」

「但是今天是七夕啊！」

少年和男人幾乎同時間大叫道，隨即兩人就像是用去大半力氣地急促呼吸著，一時間誰也沒有開口說話。

一刻瞪著牛郎，他沒漏聽對方話中的內容。事實上，他還寧願他聽錯了。

「七什麼？」一刻乾巴巴地說，「你剛說今天是什麼日子？」

「七夕，織女的生日，人間俗稱的中國情人節，也是我和織女的結婚紀念日。」牛郎說。

一刻慢慢轉頭看向牆上的月曆，在今天的日期，在八月二十三日底下，確實是還有用紅色標出「七夕」兩個小字。

今天同時也是農曆七月初七。

一刻在這一剎那間生起想給自己一拳的衝動。太棒了，今天是七夕，「牛郎織女」中的另一名主角卻已經負氣離家出走了……負氣的理由還是因爲他。

「我……」一刻看著牛郎，舌頭突然變得有些不靈光，「我昨晚和織女吵架，我猜她的離家出走恐怕不是……」

恐怕不是什麼？牛郎沒有追問下去，可是從他大受打擊的表情，就看得出來他承認了那封留書的眞實性。

一刻和牛郎就這樣對望了好一會兒，緊接著，他們的視線突地都落在另一封信上。

喜鵲留下的信！

「快拆開看她寫了什麼！」一刻粗魯地將信塞給牛郎，要收件人的他趕緊拆開信封。

牛郎馬上抽出了那封信，他抖開信紙，看見上面是整整齊齊地數行字，他認得出來那的確是喜鵲的字跡。

一刻也湊過來觀看。

這回的信件內容並沒有什麼溝通上的阻礙，相反地，簡潔得讓人一看就懂。

致牛郎大人：

織女大人似乎是終於對你那張惹人厭的臉看膩了，七夕她不想跟你過，所以我帶她走了。

P.S.想再見到織女大人，就照著我的指示行動。

姑且不論內容的真實性——起碼一刻絕不認為織女會看膩牛郎那張臉——但從字裡行間，卻是可以再清楚不過地感受到喜鵲的真心。

她是眞的非常討厭牛郎。

「喜鵲這傢伙到底想做什麼啊！」一刻火大地捏緊拳頭，「她是嫌事情還不夠亂嗎？他X

的非得再火上加油嗎？」

「噗噗，說那什麼話呢？喜鵲我可是很認眞地寫下那封信哪。」清脆悅耳的咯笑聲驀地自窗外響起。

一刻和牛郎一驚，急忙轉過頭。

窗戶外，一抹僅有巴掌大的人影正浮立在空中。

綁著多條細辮子、背生雙翼，白瓷臉蛋上鑲著兩顆古靈精怪的烏黑眼睛，嘴角噙著嘲弄的微笑——不是喜鵲，還會是誰？

「喜鵲！」一刻一個箭步就要衝上，大張的手指想抓住那抹小巧身影，然而有另一抹影子速度更快。

一刻還來不及看清楚那團竄出的黑影是什麼，手指就感到一股彷彿被針扎到的疼痛。

「幹！」一刻火速收回手，看見上頭有血珠滲出。

「嘖嘖，太粗魯可是會被女孩子討厭的。雖然咱實在搞不懂像你這種白毛，怎麼偏偏就是眾女環繞，咱明明就比你帥、比你年輕、比你有前途！」

就算對方沒有自我介紹，但一刻也已經知道那聲音的主人是誰。

那個說話方式，那個自稱詞……

「畢宿！」一刻隨手擦去血珠，一雙眼睛惡狠狠地鎖定住窗外的第二抹巴掌大人影。

頭生金色雙角，髮絲翹得亂七八糟，頸後綁著一撮小馬尾，野性十足的小臉上，那雙吊吊又好勝的大眼睛正睥睨著人。

外表看起來像小男生，可其實是女孩子的金牛星．畢宿出現了。

「我聽妳在靠么，妳是哪裡比我年輕了？千年以上的老妖怪不要在這裡給老子裝小！」

「說那什麼話？咱外表比你年輕啊。」畢宿一手扠腰、一手抓著方才扎傷人的迷你長槍，大言不慚地說道：「你沒看見咱的臉皮比你柔嫩嗎？還有咱不是妖怪，咱可是神，是神！」

「神妳老木！」一刻直接將織女的信揉成一團，往外砸了出去。

畢宿和喜鵲想當然爾都輕易避過了。

「畢宿，這是怎麼回事？妳和喜鵲想要做什麼？」牛郎伸手拉過一刻，自己往前一步。

他不明白畢宿和喜鵲怎麼會湊在一起，就算喜鵲是女孩子，然而她並不在畢宿的喜好範圍內，更不用說她們兩人平時就沒有太多的往來和互動。

「咱？事情不是明擺著嗎，牛郎大人？」畢宿笑嘻嘻地說，露出了小虎牙，「咱和喜鵲那隻鳥聯手了嘛。」

「聯手？」牛郎一愣，「妳們是為了什麼要聯……！」

牛郎的神情猝然一變，他抽了一口氣，似乎在瞬間完全明白過來，「畢宿，妳敢！」

牛郎破天慌咬牙切齒地低吼，素來溫柔的桃花眼內也躍上了怒氣。

「哎？咱爲什麼不敢？」畢宿收起長槍，改雙手抱胸，「咱就不能羨慕嫉妒恨嗎？咱也會空虛寂寞冷啊！」

「慢著，你們到底在說什麼鬼話？」一刻惱火地打斷牛郎和畢宿的對話，對於自己被晾在一邊的事感到很不滿，「說點讓人聽得懂的東西。」

「什麼？白毛你還不懂嗎？你腦袋是眞的只裝白毛嗎？」喜鵲鄙夷地說，無視一刻頓時鐵青的臉，「織女大人不想和牛郎大人過七夕，所以我和畢宿一塊幫忙了她。這樣夠不夠清楚了？別告訴我，你還要搭配圖畫講解才明白。」

「放屁！妳當人是白痴嗎？」一刻凌厲地瞇細眼，「織女只說要離家出走，她明明是昨晚跟我吵架才要離家出走的吧？最好這事他媽的還能牽拖到牛郎身上！」

「就算是的話，那又怎樣呢？」喜鵲彎起甜美的笑容，黑眸裡則是閃動不懷好意的光芒，「反正織女大人現在已經不在這了，我就是要妨礙牛郎大人和她見面，憑什麼七夕她就一定得跟牛郎大人在一起？」

「說得太對了！」畢宿熱烈地在旁鼓掌，「織女大人當然不一定非得和牛郎大人過七夕嘛！她也可以跟別人過，例如咱，例如咱，例如英俊又瀟灑的咱！織女大人可是咱心中最想偷窺的第一名，咱就是見不得咱的第一名和牛郎大人親親熱熱、曬恩愛啦！咱要抗爭、咱要阻礙，今年的七夕就由咱和那隻鳥負責和織女大人過！」

一刻瞠目結舌。靠杯啊！所以這傢伙是羨慕嫉妒恨別人的戀愛嗎？

「就是這樣呢。」喜鵲摀著嘴笑，黑眸滴溜轉，「不過我們也不是會把事情做絕的人，想找織女大人，可以，只要按照我們給的線索，有辦法找到就是你們贏了。當然，中途也會有妨礙，所以我給你們半小時找同伴，隨便找幾個都可以。」

「反正咱們也沒有在怕的。」畢宿咧開笑，好勝的大眼睛閃動自信十足的光，「咱可是金牛星，那隻鳥也不會弱到哪裡去。不管你們找到誰，半小時後到利英高中的操場集合，到時候你們自然就知道該怎麼做了。加油吧，宮白毛、牛郎大人，這次要阻礙『牛郎織女』的可不是銀河啦。」

「而是『喜鵲』和『金牛星』了！」畢宿和喜鵲同時愉快宣告。

話聲一落，窗外兩抹巴掌大的身影也旋即消失，彷彿不曾存在過。

然而那字字句句可還迴盪在耳邊，提醒著這不是幻覺，是現實——喜鵲和畢宿決定聯手阻撓牛郎和織女過七夕了。

「真的是操他的……」一刻無力地抹了一把臉，誰想得到一件小事可以越變越複雜。不過在下一秒，他又迅速重重拍了一下自己的臉頰，讓自己在最短時間內提起精神，他沒忘記期限只有半小時。

「別傻站在那不動了，再怎麼站也改變不了那兩隻『窩裡反』的事實！」一刻一把抓住牛郎的手臂，強硬地拉著他就往門外衝，「動作快點，我們得去把能找的人都先找來！」

「找人？」牛郎像是還沒辦法從震驚中回過神來，「一刻，為什麼……」

「那還用說嗎？因為這事單憑我們兩個鐵定解決不了。」一刻煞住腳步，臉色鐵青地回過頭，「別開玩笑了，老子一點也不想看『牛郎織女』變成『喜鵲織女』或『金牛星織女』！」

光想就糟透了！

□

雖然不敢打包票說完全了解，但對於喜鵲和畢宿，經過一段時日的相處，一刻對她們的個性也掌握了七、八分。

她們的腦筋動得快、鬼點子多，行動力又強，假使不多找幾個人幫忙，恐怕會被她們耍弄得團團轉。

因此，一刻第一個想找的就是自己的青梅竹馬。只是蘇染的手機無人接聽，只有蘇冉的打通。

沒有解釋來龍去脈，一刻直接扔下了「到利英高中的操場找我」這句話，就結束通訊，不浪費時間地再撥打給下一個人。

蔚商白、夏墨河、尤里……一刻原本有考慮要不要找上江言一，雖然那傢伙的脾氣和個性都差勁，但卻有個聰明的腦袋。

不過這個念頭只存在一秒，一刻就將之果斷刪除。

江言一不是神使，找他加入只怕還會綁手綁腳，而且負責動腦的有夏墨河他們就已足夠。

一邊奔跑一邊撥打手機聯絡人的過程中，一刻和牛郎也終於接近了利英高中。

即使現在還是暑假，但學校裡仍有不少社團在活動。

一刻不打算從正門進去，警衛看見他拉著校外人士跑進校園，一定會多加盤問，說不定還不肯放人。

所以一刻繞到了警衛看不見的另一側牆邊死角，他從口袋裡掏出隨身攜帶的一捆白線，扯了一截下來。

當一刻左手無名指浮現一圈古怪的橘色花紋，他也將那截白線往上一拋。

超乎常人想像的事發生了。

白線飛快地衝上高空，並且自動連接成一個圓，隨即那圓漲大，一下就將整座利英高中都包圍在其中，同時四周景象出現一瞬疊影，眨眼又消失無蹤，像是什麼事也沒有改變。

可是一刻和牛郎知道，能將無關人士排除在外，並防止現實受到破壞的結界已經架設完畢。

「一刻，是要從這進去嗎？」牛郎收起他原本正在撥打的手機，「我打給了左柚，可惜她的手機沒人接。」

「左柚……啊幹！我忘記要聯絡她了！」一刻直到這時才猛然想起昨晚發生的事，他懊惱地耙了下頭髮，想著這事待會要是讓尤里和夏墨河知道，那兩人絕對會不客氣地把他被詛咒的事全抖出來。

要命，他已經可以想像蘇染、蘇冉會有什麼反應……還有蔚商白那傢伙，估計會拿「你是白痴嗎？連自己的安全都不重視？」的冷漠眼神看著他。

「怎麼了？一刻，你和左柚有約好什麼事嗎？」牛郎關心地詢問。

「不，也不是跟她約好……」一刻含糊地帶過，不想向牛郎坦承發生在自己身上的事，他還是覺得那個妖狐族小鬼的詛咒只是信口胡說。

怎麼可能會因爲這幾句話，就失去最重要的東西……等一下！

一刻心裡陡然一悚，他想到織女離家出走的事。織女的確是他很重要的人，難道說、難道說，她的離開就是因爲那個詛咒作祟？

……不，怎麼想都不是吧。一刻搖搖頭，將這想法抹去。

織女又不是眞的不見，她只是被畢宿和喜鵲聯手藏起了行蹤而已，這怎樣都和所謂的詛咒毫無關聯。

「一刻？」見白髮少年忽然不說話，還像陷入自己的世界般自顧自地搖頭，牛郎的語氣不禁滲入了一絲擔心，「一刻，你還好嗎？如果有什麼不舒服就說出來，千萬不要逞強。」

「沒事，我沒有不舒服。」一刻快速地拉回神智，決定將詛咒和自己對夏墨河、尤里的承諾一筆帶過，「你剛說左柚沒接手機嗎？」

「啊啊。」牛郎點頭，「我想有她在的話，一定能幫我們很大的忙。雖然她沒接電話，不過我還是留言，請她打給我或是打給你。」

「也許她只是一時沒將手機帶在身邊吧。總之，我們先進學校到操場等其他人過來。」說完，一刻率先行動，他動作俐落地翻牆而過，穩穩地踩在地面上。

牛郎只比他慢了一步。

當確定牛郎也進入校園後，一刻不多說一句，他做了一個「跟我來」的手勢，就邁步往操場的方向奔出。

明亮的日光下，少年的身形矯捷如豹，一頭白髮更是被照耀得閃閃發亮，炫目不已。

可是在那抹如同發光體的少年身影上，牛郎卻覺得自己好像看見了一絲黑氣繚繞。

那是什麼？牛郎心下一驚，但等他想再看得更仔細時，黑氣又消失了，彷彿方才只是他一瞬眼花。

是錯覺嗎？牛郎發現自己無法肯定，而同時那抹已經快奔出他視野的身影，也讓他無暇再多做確認。

將懷疑暫時壓下，牛郎立即大步追上。

□

由於受到結界的包圍，利英高中位於後方的操場並沒有任何人煙，只有司令台孤伶伶地坐落在不遠處。

「還有五分鐘的時間。」牛郎看了一下自己手上的腕錶。

「現在就等那幾個傢伙趕過來了。」一刻皺著眉，環顧起周遭景色。

操場看起來仍和往常無異，找不出有哪裡不對勁。

可是畢宿的確說了，到這裡之後，他們自然就會得知關於織女所在的線索。

「最好別糊弄我們……否則老子絕對不會放過畢宿那小鬼。」一刻陰惻惻地說，忍不住將手指折得卡卡作響。

「不，我想不會。」牛郎心平氣和地說，「不過不管怎樣，我會讓畢宿有個印象深刻的處罰。我會把她的仙女照全部沒收，然後通通換成男明星的寫眞集，再將她的手機和電腦桌布都強制設定爲陛下的，讓她只能看著陛下的白鬍子。我會讓她明白，我的妻子，誰也別想覬覷。」

「對別人不怎樣，但對畢宿的確有夠狠。」就算牛郎語氣平靜，但一刻可是看見對方那雙桃花眼內毫無笑意。

用那招對付畢宿，的確能讓喜愛女孩子的她叫苦連天。

「如果到時要動手的話，順便喊我一聲。那小鬼之前用我的電腦亂逛色情網站，結果害我電腦中毒，這件事我也要好好和她算一下帳。」

「放心好了，我不會忘記的。」牛郎微笑，但笑意很快又斂起，他沒忘記先前那幕令他在意的景象，那絲詭異的黑氣，「一刻，你……」

只不過牛郎的話剛說出口，就被另一聲呼喊蓋過去。

「一刻大哥！牛郎先生！」

那熟悉的聲音立即讓一刻和牛郎下意識轉頭，果然瞧見一顆球……不對，是尤里朝他們跑過來！

除了尤里之外，他的前方還有另外三抹人影。

「蔚商白、蘇冉、夏墨河……沒有蘇染和蔚可可那丫頭嗎？」一刻大吃一驚，假使蔚可可是碰巧有事不能來他還能理解，可是蘇染沒出現就太奇怪了。

「一刻。」蘇冉是最快跑到的人。

一站定腳步，這名黑髮藍眼的俊美少年就迅速地搭上一刻的肩膀，淺藍的眼眸上上下下地將他巡視了一遍，確定他安然無事後才鬆開手。

「我沒受傷也沒發生什麼事。」都十幾年的交情了，一刻哪會不明白蘇冉這一番舉動的含意爲何。他揮了揮手，在蘇冉想再開口前打斷他的話，「就像你看到的一樣，整叢好好的。蘇冉，蘇染人呢？爲什麼沒看見她？」

「這點我也很好奇。」夏墨河跟著插話，以他對蘇染的認識，那名黑髮藍眼的清麗少女是斷不可能無視一刻的聯絡。

任何有眼睛的人都看得出來，她的世界就是繞著宮一刻轉——好吧，除了當事人的一刻還看不出來。

「對啊對啊，阿冉，怎麼會沒看見小染？平常都看你們一起行動的，現在只剩一個有點不習慣耶。」尤里也忙不迭地點頭附和，想知道蘇家雙子爲何會少一個，「啊，還有可可也沒見到。」

「她在宮一刻打電話過來之前就有事先出去了。」蔚商白淡淡地說，「我想她過來也只會讓簡單的事變得複雜，乾脆就懶得再找她了。」

如果這時候蔚可可在場的話，勢必會被自家兄長的這番言論刺激得哇哇叫。

「還眞剛好，這樣女生組的成員都不在……一刻大哥，是發生什麼事了嗎？」尤里想起自己接到的那通電話，一刻的語氣急促卻沒有特別解釋，匆匆命令完就掐斷通訊，讓他的一顆心頓時跟著緊張得七上八下，深怕晚一步會耽誤到事情。

「要說發生什麼事……」注意到蘇冉和蔚商白的目光也轉過來，一刻含糊地說道：「就是我和織女……」

一刻發現這還真難以說出口，他實在不想讓人知道他是因為一個布丁和織女吵架，最後搞到對方離家出走，喜鵲和畢宿又蹚渾水的局面。

「一刻？」蘇冉的眼浮上擔心，他認識的一刻向來有話直說，除非是真的發生什麼事了。

「我猜，你們看了這個就能明白了。」牛郎適時接話，他將喜鵲留給自己的信再拿出來。

三雙眼睛立即望向那封信。

一將信中內容看完，眾人都明白一刻十萬火急地找他們過來是為了什麼了。

「嗚啊，喜鵲一定會說到做到的……」尤里皺起一張圓臉。他是織女的一號部下，和她們相處的時間也最長，「她對織女大人的執著很驚人啊。」

「這點我隔壁的也不相上下吧？」一刻瞥了一旁的牛郎一眼。

牛郎將這句話當成了讚美，但他覺得還是要提出一些糾正。

「一刻，我對織女的執著還有愛，一定是更高的。」

「閉嘴，不要逼我用看變態的眼光看你。」一刻話是這樣說，可他的眼神已經變得冷酷，

「這種事情有必要拿出來炫耀嗎？還有蘇冉，蘇染人呢？」

「不清楚。」蘇冉搖了搖頭，「電話打來前就出門，沒有交代。」

「連跟你交代去哪都沒有嗎？」一刻訝異地皺起眉頭，「這還真的是有點……」

「有留話通知了，也許待會兒就回撥。」蘇冉又說。

「啊，既然是這樣的話也沒關係。」一刻點點頭，視線環繞過尤里、蘇冉、夏墨河、蔚商白一輪，「加你們四個，六個人對上喜鵲和畢宿應該是夠了。」

「連畢宿也插一手了嗎？」夏墨河的吃驚下一秒又轉成傷腦筋的表情，「真糟糕，我似乎能猜到她的動機哪，她想要和織女大人一起過七夕？」

「沒錯，就是這麼回事，那個色小鬼和那隻鳥顯然是看不慣我旁邊這位過太爽了。」一刻吐出一口氣，「反正她們都下戰書了，那我們也用不著客氣，管她們會用什麼手段，把織女搶回來就對了。」

「嘖嘖，說得一副咱跟那隻鳥會用什麼小人手段，咱看起來像那種人嗎？」一道咋舌的聲音驀然響起，並且還是來自一刻的身後。

誰也沒料想到畢宿會突然現身。

一刻反射性要轉頭，但對方比他的動作更快。

「不過咱偶爾也是會學一下那隻壞心眼的鳥就是啦。」

飽含不懷好意的笑聲剛落，一刻就感覺到一隻腳快狠準地踢上他的屁股，使得他立刻重心不穩，往前一跌。

說時遲那時快，一刻的腳下居然無預警開了一個黑色的洞。

「什……」一刻的臉色乍變，可是那隻為了想要穩住平衡而跨出去的腳，已經來不及收回來了。

白髮少年就這樣一腳踩空，整個人跌入不知道通往哪裡的黑洞中，消失在其餘人的視野之內。

「一刻！」

「一刻大哥！」

「一刻同學！」

「宮一刻！」

見狀，蘇冉等人大驚，顧不得多看畢宿一眼，也不管黑洞內是否有什麼危險在等待他們，不假思索地迅速跟進，接二連三地都往那個神祕的黑洞中跳入。

「畢宿，妳！」牛郎是最後一個還留在操場上的人，他對著卯起來要在七夕和他作對的畢宿怒目而視，桃花眼內的光芒是凌厲且危險的。

「咱？咱好得很唷，牛郎大人。」綁著一撮小馬尾的雙角女孩雙手交叉地枕在腦後，露出了可愛的小虎牙，「好啦好啦，你也快下去吧，咱特地把場地移到沒什麼人煙的地方，這樣你們打起來才不會綁手綁腳的。順便說一聲，動作太慢的話，有可能和宮白毛他們分散唷。」

「很好，畢宿，今日的事我記住了。」牛郎不怒反笑，俊美的臉孔上，那抹噙在唇角的微笑優雅得令人移不開視線，吐出的嗓音低沉柔滑，「我相信妳比誰都明白，我非常地有毅力，我不會忘記這筆帳的。」

說完，牛郎也縱身往黑洞內躍下。

待那抹修長人影消失在自己眼內，畢宿臉上的自信笑容頓時垮下。

「要命，牛郎大人發飆時的皮笑肉不笑還是一樣嚇人。」畢宿搓了搓自己起雞皮疙瘩的手臂。她當然知道牛郎的毅力有多驚人，這點，光從他自人間追到天界也非要和織女在一起，以及千年來他都不曾放棄尋找自己的孩子這幾件事上，就足以一覽無遺了。

「事後絕對會被秋後算帳的……不過管他的，贏了的話，今年七夕就是咱金牛星和織女大人一起過了！又是蘿莉又是人妻，織女大人真的太棒了！」畢宿握起拳頭，對著空無一人的操場鬥志滿滿地吆喝一聲，但緊接著她的眉毛又困惑地皺了起來。

畢宿雙手抱胸，若有所思地回想著，「唔嗯，是說有件事真奇怪……咱剛好像在宮白毛身上聞到什麼怪怪的味道？不是好東西，但也不像是事情大條的味道，還是咱聞錯了？啊啊，先不管了，反正到時候叫『她』負責看清楚吧！」

就像是懶得再多做思考，畢宿拍拍臉頰，旋即也仿傚牛郎，跟著往洞中一躍而下。

操場上的奇異黑洞轉眼就失去蹤影，不會有人知道它曾經存在於此地。

□

一刻是跌在一處長著茂密小草的地上，他覺得直擊地面的屁股隱隱作疼，但還來不及等他揉開可能會有的瘀青，一瞬間，他直覺地感到危險逼近。

無暇細想，他馬上往旁邊一滾，下一秒證明了他的反應是正確的。

因爲當他滾避至旁側時，他原本待的地方便落下了多道人影——要是沒有及時閃避，恐怕他就當了這麼一回人肉墊子。

其他就算了，他絕對不想成爲尤里的墊背。

只要一回想自己曾被那驚人的體重壓到差點沒氣，一刻忍不住就是心有餘悸。

「一刻！」

「一刻大哥！」

從上空躍下的眾人很快就發現一刻的存在。

「站住，通通給老子站住！」一刻趕緊先做警告地舉手阻止，「你們要是再撲過來，老子他媽就眞的要沒氣了！」

「看樣子，我們來到一個離利英高中有點距離的地方了，一刻同學。」一確定一刻安然無事，夏墨河就習慣性地觀察環境，隨著他將四周景色看得清楚，秀麗的眉毛也跟著微微地蹙了起來。

一刻拒絕蘇冉伸來的手，自己站起，他也往周遭打量一圈，眉頭越皺越緊。

怪不得夏墨河會說他們來到離利英高中有點距離的地方。他們現在正處於不知是哪一座見鬼的山中，附近全環繞著挺拔的大樹，濃密的枝葉在他們頭頂上交錯，遮蔽了大部分天空。腳下則是不知名的雜草和枯葉，每走出幾步就會聽見枯葉碎裂的沙沙聲。

「馬的，這到底是什麼鬼地方？」一刻彈了下舌頭。

「很顯然，這得問畢宿才知道。」蔚商白不冷不熱地說。

「我們還在潭雅市裡嗎？還是在市外了？」尤里嚥了嚥口水，陌生的山林環境令他感到有些緊張。

「這有點難以判斷呢。」夏墨河沉吟一聲，他雖自認對潭雅市的大街小巷都有一定的了解，不過山區確實就沒有太深入的研究，「也許我們還在市內，也許我們已在市外；也或許，我們可能只是身處畢宿製造的空間中。」

「不是畢宿製造的空間。」說話的人不是一刻他們這群年輕的神使，又有一人自空中躍落下來，穩穩地立足於地面。

「畢宿並不擅長這方面的事。」牛郎說，「喜鵲也一樣。」

「牛郎先生。」夏墨河迅速瞇眼望向高空，只是空中已空無一物，尋找不著那把他們送來此地的通道蹤跡。

「你確定？」一刻狐疑地問。

「畢宿自己親口對我說了，她們是特地要把我們弄來沒什麼人煙的地方，這樣晚點打起來才不會綁手綁腳。」牛郎頷首。

「打起來？喜鵲她們果然要跟我們打嗎？那個，一刻大哥……」尤里連忙舉高手，「我自願申請後援位置，我會在後方好好支援你們的！」

「支你老木！你只是不想跟那兩隻打吧？」一刻不客氣地扔了一枚白眼給尤里。

「欸嘿嘿嘿……」意圖被視破的尤里抓頭傻笑。

一刻也沒再多說什麼，畢竟他可以理解尤里的心情。換作是他自己，他也不太想和喜鵲正面對上。

——銀河遊樂園那次的經驗可是已經很足夠了。

「尤里，我想你不用太擔心的。」夏墨河溫和微笑，「喜鵲的目標想必另有他人。」

於是眾人的目光又聚集在那名「他人」身上。

「沒關係的，我也做好心理準備了。」牛郎不以爲意地笑笑道：「我和她總有一天要分出個結果來，我會讓她認清楚，唯一適合織女的人就只有我，千年前如此，千年後當然也不會改變。」

「變你妹，你是當你們眞的在演八點檔的狗血三角連續劇嗎？得了，老子可是拒看的。」一刻直接吐槽，他的食指指向牛郎，「你，到時候負責找出織女那丫頭，喜鵲就由我們這邊負責。」

眼見牛郎似乎對此分配有所意見，一刻眉一挑，當下甩出一記凌厲的眼刀。

「不准有意見，你以爲我們這群神使會比一個看起來像男公關的傢伙還弱嗎？除非你眞的想讓織女守寡當寡婦，那你就去跟喜鵲硬碰硬吧。」

一聞此言，牛郎摸摸鼻子，登時不再多說話了。他心裡也明白，沒人敢保證喜鵲會不會趁機利用這機會一報私仇，眞的將他給結束掉。

那名細辮子少女只是外表甜美，實際上性子陰晴不定，就連牛郎往往也摸不準她的心思。

「如果你們話都說完了，那麼就換我說吧。」蔚商白的嗓音還是一貫淡然堅冷，但是和他交情好的一刻卻敏銳地發現到，對方的聲音裡還蘊含著一絲警戒，「這地方有很淡的水的味道，聞起來很像是……」

「一刻。」不待蔚商白將話說完，蘇冉忽地飛快探出手，潔白但有力的五指一把抓住一刻的手臂，將他往自己身後一帶，「有聲音。」

蘇冉的這句話立刻讓所有人生起警戒。

——擁有異常聽力的蘇冉可以聽見人或非人的聲音，因此往往也能早一步發現到異樣。

蘇冉的話聲剛落不久，眾人就見到在他們的斜前方，一條通往更深處的林間小徑前，驀地有一小簇金黃火焰平空浮現。

一刻睜大眼，喉中像被什麼堵住。

「那火焰……難、難道是？」尤里不由得倒抽一口氣。

彷彿不知一刻等人的錯愕，那簇耀眼的金黃色火焰持續漲大，一晃眼就成了多層相連的圓，隨之而來的是火焰中心出現一抹纖細人影。

當人影的外貌顯露出來，火焰也即刻消失。

佇立在小徑入口前端的，是一名外表柔弱的美麗少女。一頭及肩的金褐色髮絲，眼眸是像方才的火焰般，呈現惑人的金色，但又多了幾分水氣。讓人看著望著，不禁就要沉溺於那雙翦水眸中。

而相較於那雙異於常人的金黃眼睛，真正引人注目的反倒是少女頭頂兩側的毛絨獸耳，以及那在她身後伸展擺晃的四條華麗尾巴。

——左柚不是人類，她是一名活了四百年以上的四尾妖狐。

「左柚……」一見到那名散發著楚楚可憐氣息的少女，一刻不自覺喃喃喊出對方的名字。

「左柚同學，爲什麼妳……」夏墨河完全猜測不出左柚出現在此的理由。

「左柚，妳收到我的留言了嗎？」牛郎卻是馬上反應過來，他眼露欣喜，「太好了，這樣我們的助力又多一人。」

「不是的，牛郎先生。」左柚輕搖了一搖頭，打斷牛郎的話。她雙手交疊置於身前，細聲細氣地說，「我聽到了你的留言沒錯，但我並不是因此而出現在這裡。事實上，在你的電話打來之前，我就已經在這裡了哪。」

「……咦？」牛郎一愣，心底隱約有不好的預感閃過，「妳說妳早就已經在這裡……該不會，左柚妳該不會……」

「對不起了，牛郎先生，還有宮同學，還有其他人。」左柚有禮地彎腰鞠了一個躬，聲音還是柔柔弱弱的，「但是這次，我是站在和你們對立的一方。」

對立的一方？還不待一刻反應過來，高空處倏地碧光一閃，一道碧綠色的光束猝不及防地向著底下眾人射下。

一隻大手比任何人都還要快一步地攔抓住那道光束。

蔚商白擋在一刻身前，面無表情地望了一眼抓在自己五指中的東西，臉上沒有意外之情。

「那是……」尤里吃驚地嚷了出來，他看清蔚商白手裡抓的是一支碧綠光箭，只是前端沒了鋒利的箭頭。

「事情看起來是越來越有趣了。」夏墨河輕輕地吐出一口氣，逐漸明白眼下究竟是怎麼一回事。

「對吧對吧？這樣才有趣吧？」屬於女孩子的歡快贊同附和聲大力響起。

「隨你要怎麼罵都行了，宮一刻，我不會阻止你的。」從一刻呆然又轉成恍然大悟，最末再定格成咬牙切齒的表情來看，蔚商白就可以知道他定是想通了來龍去脈。

將手裡抓的光箭扔下，就算自己不出手，那箭也不會射到任何人，但蔚商白還是不動聲色地將這筆帳記下了。

瞥見白髮少年握緊了拳頭，臉色變得鐵青，蔚商白和蘇冉幾乎是同時退開了一大步。

下一瞬間，一刻咬牙切齒的怒吼聲就像驚雷般劃過山林間。

「有趣你妹！妳腦袋是哪根神經接錯線？那麼想找死，老子不介意親自動手！蔚可可！」

「哇啊！宮一刻你是想嚇死人嗎？」氣急敗壞的大叫聲又再度自高處落下，原來聲音主人藏身於一棵大樹上。

那是一名體型嬌小的女孩子，微鬈的髮絲，圓圓的大眼睛再加上那甜美的五官，就像是小動物一樣可愛，容易激起人的保護欲。

不過「保護欲」這三個字對一刻來說是不存在的，因為只要是認識蔚可可的人就會知道，她的外表和個性相反——

「太過分了啦！萬一害我這位美少女嚇得從樹上跌下去該怎麼辦？」蔚可可一手攬著樹枝，一手抓著自己的彎弓揮舞，忿忿不平地抗議道：「而且我哪裡神經接錯線？我明明就超聰明的！」

……靠，還是老樣子的天兵又厚臉皮。一刻摀住臉，有時候不禁都要深深同情蔚商白有這樣像是外星來的妹妹。

「聰明個蛋啦！」一刻不客氣地對上方比了記中指，「聰明的話最好會做這種蠢事，妳他媽的竟然敢幫喜鵲和畢宿！」

「等一下，這話未免也太不公平了吧？」蔚可可氣惱地鼓起臉，「左柚明明也是啊！她跟我都是同一隊的，你爲什麼就只罵我？宮一刻，你太偏心了啊！」

「不、不好意思，宮同學……」見話題轉向自己，左柚連忙歉意十足地再向一刻鞠了一個躬，「造成你的困擾了。」

「……別在意。」一刻也知道自己的確是大小眼，不過他可是有站得住腳的理由，他面無表情地抬頭再直望樹上的蔚可可，「就憑左柚前世是我哥。」

「啊！」這一聲恍然大悟的低呼是從多人口中發出的，他們差點都忘了一刻和左柚前世是兄妹。

「不過還是很偏心。」蘇冉靜靜地說，那雙淺藍色的眼珠就像含著無聲的抗議。

「囉嗦，我對你跟蘇染就不夠偏心嗎?馬的，每一次還不是你們把我吃得死死。」一刻低聲罵道，緊接著他猛然察覺到一件事，「操!蘇染該不會也是跟妳們同隊?」

「沒有的事喔。現在，這裡，就只有我跟左柚哪。」蔚可可鬆開攬著樹枝的手，縱身往下一躍，右手中指至手背上的淺綠神紋在發光。

一刻忍不住鬆了一口氣，萬一就連蘇染也站在喜鵲她們那一方，那事情的困難度就要立即再翻個好幾倍以上。

如果要問一刻最不想和誰成爲敵人，那麼他一定會回答蘇染。光是想像要和那名掌握大量情報、擁有一顆冷靜聰明得過分的腦袋的少女處於對立狀況，就足以令人不寒而慄。

只不過一刻很快就發現自己的這口氣鬆得太早。

輕盈落地的蔚可可一站直身體，就冷不防地舉弓搭弦。剎那間，又一支碧綠光箭射出，但這支箭卻是射往空中。

不待眾人知悉蔚可可的意圖，那支飛往空中的光箭至中途就像煙火炸裂開來，分散出更多的碧綠光束。

「對不起了，牛郎先生，不過這一回，我跟左柚都是喜鵲這邊的，女生就是要幫女生嘛!所以男生組的，加油啦!」蔚可可綻露出甜美狡黠的笑容，看著自己的數十支光箭迅雷不及掩耳地射入一刻等人身旁的土地裡。

篤篤篤！篤篤篤！光箭排列成奇特的形狀，將五名少年和一名男人拆了開來。

一刻和牛郎被光箭圍在同一個區域裡，夏墨河和尤里，蘇冉和蔚商白，也被兩兩分隔開來。

六人組合頓時被區分成三個小隊。

「我們很快就會再見面的，那時候我們就是敵人了。可是要是碰到宮同學的話，我、我會努力手下留情的。」左柚綴著華麗圖紋的古風袖子猝然一揮起，一束金焰轉眼成形，飛也似地繞上了那些插立在地面的光箭。

金黃色的火焰蜿蜒迴繞，緊接著是暴漲成一面面高聳的火牆，瞬間就遮蔽了一刻等人的視線。

誰也看不見誰。

□

金黃色的火焰看似猙獰嚇人，不容他人隨意碰觸，可是夏墨河很快就注意到了。他們雖然被困於火焰之中，卻感覺不到任何灼熱的溫度。

心裡一有個底，夏墨河馬上伸手探向眼前的一面火牆。

「墨河！」眼見馬尾少年居然要以身犯險，尤里驚慌大叫一聲，忙不迭撲上前，用兩隻手臂緊緊抱住對方的那隻手不放。

只不過尤里顯然忘了，他抓住了夏墨河的一隻手，可是對方還有另一隻手。

「等一下！等一下，墨河，別做傻事啊！」尤里煞白了圓臉，然而當他望見夏墨河的手探入了燒得熾烈的金焰裡，再毫髮無傷地伸了回來，他的表情頓時凝結成古怪的呆滯。

「果然是這樣。」夏墨河看了看自己沒有任何損傷的手，在剛剛的試探中，他也沒有感覺到一絲的熱度，彷彿那火焰只是徒有其表的裝飾品罷了。「這麼說也是，雖然這次彼此是對立一方，不過左柚同學她們也不會眞的傷害到我們。看樣子，這的確是一場有趣的遊戲。」

「墨河？」尤里不明所以地看著好友。

「尤里，我們走吧，別在意這些火焰，直接走出去吧。」夏墨河微微一笑。

「咦？嗯！」尤里用力地點點頭。即使他對火焰還是心有畏意，可是他相信夏墨河，而且他剛剛也目睹了對方的手安然無事。他深吸一口氣，閉上眼睛，毫不猶豫地尾隨夏墨河一頭走進了金黃色的火焰之中。

沒有疼痛，沒有熱度，就像穿過的只不過是一團空氣。

尤里陡然睜開了眼睛，吃驚地發現到原先的火焰全然消逝，如同幻覺一場。

可緊接著，尤里又在原地慌張地蹦跳起來，「墨、墨河，一刻大哥他們不見了！阿白他們也不見了啊！」

消失的不止是火焰，還有一刻、牛郎、蘇冉、蔚商白以及左柚和蔚可可。

不單如此，就連周遭的環境也變了。雖然乍看下還是被一片大同小異的綠樹包圍，但一細察還是會發現有所不同。

而且蔚可可留下的光箭也一併不見蹤影。

「是要把我們拆散，然後打算各個擊破嗎？」夏墨河的左手腕亮起微光，青金色的神紋浮現在上，多圈白線瞬間纏繞在他的手指間。就算這只是一場相互對抗的遊戲，他也沒有想要輸的意思。

「這個嘛，你們說呢？」稚氣未脫的笑聲驟然響起，「先說明一下，分組是隨機的，就連咱可也沒想到會對上你們兩位哪。」

一抹矮小的身影毫不隱藏行蹤，俐落地自一棵樹上跳下，蓋在頭上的連襟兜帽也隨之滑落下來，露出頭頂上兩根顯目的金色彎角。

「好啦好啦，爭奪織女大人作戰的遊戲開始啦。」畢宿手持一柄造形怪異的金屬法杖，衝著兩名年輕的神使露出野性十足的笑容，一雙吊吊的黑色大眼睛裡閃動著好勝的光芒，「就讓咱們來看看織女大人這朵花——究竟會花落誰家！」

最末一字尚未落下，畢宿矮小的身影赫然已如炮彈衝出，手中法杖瞬間變作一柄綁著紅纓的鋒利長槍。槍身一甩，閃著銳光的槍頭迅雷不及掩耳地掃向反應不及的尤里。

「線之式之一，封纏！」夏墨河豈會讓畢宿的攻擊成功，當畢宿一現身時，他就一直暗中留心她的一切舉動，因此對方一出手，他立刻以毫不遜色的速度回以反擊。

多條白線快速地纏住槍身，再隨著夏墨河的雙手一拉拽，硬是制止了長槍的進一步行動。

「以為這樣就可以阻止咱嗎？那可就未免太小看咱了啦！」畢宿咧出更大的笑容，眼眸閃動野蠻的光采。她抓著槍柄一抖震，那股震動馬上自手臂傳遞到了被白線纏縛的槍身。

剎那間，所有白線竟是被這股震動震得紛紛斷裂。

「咱是誰？咱可是鼎鼎大名的金牛星．畢宿！」畢宿冷不防改變了方向，槍頭竟是放棄尤里，措手不及地直取夏墨河。

不過有一把橫出的大剪刀比畢宿快了一步。

雖然最初被當成目標，但尤里同樣也沒忽略畢宿的一舉一動。因此一發現對方的攻擊路線有變，他才能動作迅速地以剪刀從中夾住了那柄長槍。

「什麼？居然來這招？」畢宿彈下舌，尤里的反擊確實出乎她的意料。她奮力欲將長槍抽回，無奈剪刀的箝制力意想不到地強大。

「做得好，尤里。」夏墨河彎出微笑，指間白線又一次成形，「線之式之八，蛛網！」

這次是更大量的白線竄射而出，這些看似柔軟又堅韌的絲線在空中飛快交織，轉眼成網，兜頭就朝著下方的畢宿蓋下。

「從一直接跳到八也太卑鄙了啦！」畢宿仰頭望著那張逐漸逼近的大網，心知再不放棄自己的武器，馬上就會變成人家的網中魚了。她立即鬆手，拔腿便是要衝撲出大網的勢力範圍。

但似乎是看穿她的意圖，夏墨河當機立斷再揮動手指，新的白線補上，蛛網的勢力登時增大。

眼見那抹矮小的雙角身影就要被成功地捕捉到，夏墨河和尤里的身周忽地浮現多簇金色的火焰。

兩名年輕神使一驚，著實沒想到原來他們的敵手竟有兩人！

當他們的腦海內剛閃過「左柚」兩字，那些像是手掌大的火焰已經迅速地襲來，沾上了猶在空中的線網。

火勢一下擴大，剎那間就將白色大網燒得一乾二淨，只餘灰燼落下。

火焰又消失，沒波及到周遭的樹木或草葉，彷彿它可以被控制只燒灼目標物品。

輕巧的腳步聲在灰燼全數落地的瞬間自夏墨河和尤里的身後傳來。

他們一回頭，毫不意外自己看見一名身著古風服飾的褐金長髮少女。

金瞳、狐耳以及四條狐狸尾巴，都顯示出自身並非人類的事實。

他們的另一位敵人自然就是左柚。

「啊，咱可從沒說只需要跟咱一個人打就夠了喔。」畢宿俐落地落足在另一端，手裡抓著重新消散形體後又匯聚的長槍，臉上揚著狡黠的笑容。

面對各踞一方的兩名女孩子，夏墨河忍不住開始覺得有些傷腦筋了。畢竟他們分到的對手簡直太過剛好，宛如像針對他們而來。

尤里的剪刀主要是用來降低敵方防禦力，就算也可以拿來攻擊，但那柄自身就充滿危險的武器，可不適合對同伴們相向。

至於他的白線，一旦碰上左柚的狐火，就可以說是英雄無用武之地了。

「眞的是，非常傷腦筋哪。」夏墨河輕輕低喃。

「夏墨河，你那顆聰明的腦袋已經推算出你們沒什麼勝算了吧？就乖乖地快點認輸吧！」畢宿笑出一口白牙，「咱很善良的，不會虐待手下敗將，最多是把你們扒到只剩一件內褲。」

「嗚！拜託千萬不要！小千知道有別的女孩子看見我的身體會生氣的啊！」尤里哭喪著臉。

「喂喂喂，說得一副咱好像很想看的樣子。」畢宿不掩嫌惡地撇撇嘴，「咱才不想看，咱才不想傷了咱的眼睛呢。」

「也就是說，輸了的話我們會被扒光。那麼贏了的話呢？」夏墨河微笑著說，「贏了的話，我可以把妳吊在樹下嗎？線之式之五，錐鞭！」

夏墨河猝不及防地出手了，他的白線瞬時往兩個方向疾衝出去，每一條的末端都形成了三角形的尖錐狀。

白線如同靈活的長鞭，一晃眼就追到畢宿和左柚的身前。

「不行不行，這對咱的效用可不大的。」畢宿的身影一閃，消失在白線的攻擊範圍內，下一瞬又出現在另一邊，那隻小手猛然從錐尖後的位置一抓，直接一把抓住了夏墨河的攻擊武器。

另一端，左柚沒有再召出狐火，她只是身後一條尾巴一閃動，銳利的風壓就像鐮刀割了下來，輕易將宛如長鞭的白線削斷。

沒想到就在這個雙方都將注意力放在夏墨河攻擊上的瞬間，尤里驀然出現在左柚視野內。

那名體型圓胖的男孩抓住這空隙，張開了他的剪刀，往左柚前方一剪。

什麼事也沒發生。

可是，左柚清楚並不是真的什麼都沒發生。

尤里的那一剪，降低了她的防禦能力。

「線之式之一，封纏！」夏墨河等的就是這時刻，他不在意畢宿輕鬆接下他的攻擊，他的目標一開始就是鎖定左柚！

褐金長髮少女這回眞的是來不及反擊，那些白線最先繞上的竟是她的四條尾巴，再來是將她的身體整個纏縛住，短短時間內就剝奪了她的行動自由。

「畢宿快看，妳後面有兔女郎在跳大腿舞！」這是一個拙劣到大部分人都不會相信的謊言，可是夏墨河就是篤定畢宿是那大部分以外的人。只要她喜好女色的個性沒有變，那麼不管是眞是假，她都一定會按捺不住地反射性扭頭觀看。

果然正如所料，畢宿的眼睛剎時發亮，忙不迭轉頭一看，全然忘記自己還正面對著對手。

想當然爾，這種荒山野嶺的，怎麼可能會出現穿著暴露的兔女郎跳大腿舞？

猛然醒悟到自己被矇了，畢宿急忙再回頭，但是眾多白線同時也已纏上她的身體，封住了她的行動。

夏墨河居然使用了雙重的「封纏」！

「這樣，應該算是我們贏了嗎？」夏墨河手纏白線，臉上笑容優雅如畫。

「哎呀，眞的是這樣嗎？」豈料畢宿也對他露出一個不懷好意的笑，黑眸熠熠發亮，彷彿早有準備另一手。

夏墨河一凜，馬上嗅出不對勁，可還沒等他有所反應，他就先感覺到另一隻手上的白線驟然一鬆，儼然失去了獵物。

「什……！」夏墨河即刻轉頭回望，那雙黑眸頓時無可避免地吃驚大睁。

他看見的不止是左柚身上的白線全數被剪斷，還看見體型圓胖的男孩露出一貫憨厚的笑，手裡剪刀卻是直指著他的方向。

「對不起了，墨河。」尤里撓撓臉頰說，「其實打從一開始，我也是站在織女大人那邊的。」

夏墨河眞的是結結實實地錯愕了好半晌，然後他收回白線，不敢置信地笑著搖搖頭，「這還眞是……太令人意想不到了。尤里你的確是讓人意想不到的伏兵哪，我猜連蘇同學都不會想到。」

「嘿嘿嘿。」尤里抓著頭傻笑，「因爲織女大人交代過了，絕對要先保密。不過一刻大哥他們現在都不在這邊了，我想也可以先告訴你了。」

「也就是說，織女大人不是單純被喜鵲帶走，而是暗自在籌劃什麼事嗎？」從現有的隻字片語中，夏墨河就推敲出事情的大概。

「是的，織女需要一些時間，所以就由我們幫她爭取。」左柚也走上前來，細聲地說著。

「重點是，這樣自己人對打很有趣啊。」畢宿唯恐天下不亂地笑嘻嘻說著，「而且要是牛郎大人還是闖不過咱們，那麼今年七夕就是咱跟織女大人過了！」

「那麼，你們可以告訴我，織女大人在準備什麼計畫嗎？」夏墨河其實不是很在意七夕的「牛郎織女」會不會變成「金牛星織女」或是「喜鵲織女」，他只是因爲接到一刻的電話，想要幫上一刻的忙而已。

「當然可以！」尤里大力地點點頭，他湊上前，嘀嘀咕咕地和夏墨河說著事情的實際情況，「小千已經先過去織女大人那幫忙了……然後我們……再然後……因爲今天是……」

一邊聽著尤里說話，夏墨河的表情也跟著一邊變化，先是詫異、恍然，最後是轉爲愉悅。

「我了解了。」他微微一笑說，「既然如此，請務必讓我也幫忙。」

這樣說著的夏墨河伸出了手，大力地和尤里的一同握住——代表著盟友的誕生，另一方的倒戈。

當夏墨河決定加入另一方的同時間，蔚商白和蘇冉正一路彼此沉默地向著山林深處走去。

由於狐火和光箭的關係，使得這兩名平時沒有多少接觸、共通點是和一刻互爲朋友的少年被分在了同一組。

同樣都是屬於冷靜理智派的這兩人，立時發現到圍住他們的金色火焰其實毫無殺傷力，而是如同障眼法般的存在。

待他們直接步入火焰之中，那宛如障壁的烈火就在刹那間消弭無蹤。

映入他們眼內的，是乍看下很像、但實際仍有了改變的林中景象——他們已經不在原來的那處地方。

除了他們兩人之外，放眼望去並沒有再見到其他身影。

蔚商白和蘇冉誰也不說話地對看了一會兒，接著由蘇冉率先邁開步伐地朝著一個方向走。

蔚商白則是沒有異議地跟上。

就他來看，往哪走都無所謂。因爲該出現的時候，他們的對手就一定會出現。也沒必要費心打電話聯絡，在這種地方，能希望會有多好的收訊？

而估計這座山，極有可能也被圍下了結界。

蘇冉和蔚商白繼續一前一後地往同一個方向走，還是誰也沒開口。

等到走了將近十來分鐘後，這次也依然是蘇冉先停住了腳步。

藍眼少年淡然地瞥了蔚商白一眼，他的臉頰浮上紅紋，手中也握住一把紋路如烈焰奔騰的長刀。他站得筆直，長刀拄地，刀尖在地面畫了一個簡單的圖形。

——兩個縱排的圓點，圓點的右後方則是拉出一條線，線的末端又是一個圓點。

蔚商白以不明顯的點頭表示理解。

下一剎那，蔚商白的身形瞬動！

這名高個子的少年一旋足，身子飛快一轉，左手中指至手背有綠紋同時浮現。一握住平空生成的兩柄長劍，他的手臂立即再動，鋒利雙劍在空中揮劃出凌厲的弧度。

一瞬間竟是將無聲無息、正對著他們方向的碧綠光箭斬成兩截。

「啊！居然連這種偷襲也沒辦法成功？哥，你是背後長眼睛嗎？」一陣沉不住氣的大叫聲立刻自蔚商白的左前方樹梢上傳來，隨即一抹嬌小纖細的身影躍下，手抓長弓，另一手還握著數支沒了箭頭的光箭。

原來蘇冉畫在地上的圖，就是揭出蔚可可的藏身位置。

「還有你們兩個，是怎麼回事啦！竟然完全不講話？天啊，哥、阿冉，你們到底是多缺乏話題？」蔚可可其實已經躲在樹上看了好一會兒，不敢相信他們可以連一句話都沒有，那沉悶乏味的氣氛連她看了都覺得喘不過氣。

嗚嗚，她寧願分到的對手是宮一刻和牛郎先生……起碼光聽他們說話絕對不會無聊。

「他只是宮一刻的朋友，不代表我和他就一定要有話可說。」蔚商白微微挑起眉，像是覺得自家妹妹會提出這種問題才奇怪。

「同樣。」蘇冉罕見地也和蔚商白是一樣意見。

「你們兩個的回答也太理所當然……」蔚可可瞠目結舌，「到底是誰把你們分在一組？啊，好像是我和左柚……早知道就重新分配，可是，說不行讓阿冉單獨和宮一刻待一起……」她的最後一句話幾乎是含在嘴裡說的。

「隨便妳們想怎麼分組，可可。」蔚商白沒有特意聆聽妹妹的咕噥，他淡然地直望著她，「妳出現在我們面前，就表示對手是妳了嗎？」

「沒錯，就是我！」蔚可可馬上舉起手，「雖然是一對二，不過我還是會努力不給我們女生組丟面子的！」

「你們的戰鬥，我退出。」蘇冉突然開了口，就像是要證明自己所說的，他手中所握的長刀化爲光點散逸。他直接退到一邊去，找了一棵樹倚著，閉上眼，調大耳機音量，自顧自地陷入自己的音樂世界。

「可可，所以妳加入喜鵲，是因爲妳們都是女孩子嗎？」蔚商白並不意外蘇冉的發言，他的視線依舊筆直地看著蔚可可。

「那還用說嗎？女孩子當然就是要幫女孩子嘛！」蔚可可挺胸正氣凜然地說道。

「那眞心話呢？」

「其實眞心話是在七夕放閃光的人最討厭了啊，不知道沒有男朋友的人也會空虛寂寞……啊！」蔚可可就像猛然醒悟到自己說了什麼，她爆出了哀叫，「啊啊啊！哥，你誘導我！」

「有嗎？是嘴巴不牢靠的人才該要檢討不是嗎？」蔚商白只是輕描淡寫地如此回應，「不過太好了，可可。我本來還擔心妳是不是在哪裡摔到腦子，才會爲了那樣的理由倒戈。但聽了妳的眞心話後，我安心不少了。」

「可惡、可惡……哥你根本是故意的！」蔚可可氣急敗壞，「哥是世紀無敵大豬頭啦！」

當那聲充滿濃濃怨念的大喊一脫出口，蔚可可手上的弓也立即架起，三支光箭同時上弦。

然後弦放箭射。

碧綠色的光束迅雷不及掩耳地直衝蔚商白而來。早就預想到妹妹會搶先出手，蔚商白冷靜如昔。他的右腳微動，緊接著也如離弦之箭蹬起，一轉眼就已主動迎上那些向自己竄來的光箭。

那是快得讓人來不及看清的動作，蔚可可只捕捉到碧光剎那間閃逝，她的光箭就全數被削去半截，擊落在地。

蔚商白的眼瞳堅冷凌厲，一如他的雙劍，不因這次的敵手是自家妹妹就手下留情。

蔚可可也早知道對方不會手下留情，相反地，她看得出來她家老哥根本還巴不得不客氣教訓她一頓。

哇！哪有這樣的？我又不是故意要阻礙宮一刻啊！在心裡無聲吶喊著，蔚可可的行動也不敢有所遲疑。在蔚商白即將欺近之前，她藉著自己的輕盈優勢，飛快再退，右手掌中握住一支平空生成的光箭，猛地往一邊的粗大樹木插進，旋即上臂用力，瞬間將自己的身子往上一扯帶，眨眼就俐落地登上高處的樹枝，避開那兩柄烙有碧紋的長劍差點架上自己脖子前的危機。

一獲得喘氣空間，蔚可可馬上再舉弓拉弦，對著下方又是箭如連珠射出，試圖擾亂那抹高個子身影的步調。

沒想到蔚商白竟是拔身躍起，在半空中將最先逼近他的一支光箭踢向了樹幹。

雖然失去鋒利的箭頭，但光憑蔚商白那一腳的勁道，就足以讓光箭埋進了樹幹裡好幾寸。

蔚商白敏捷地再擊落近身的幾支箭，接著一腳踩上最初被釘入樹幹的那支光箭。

「慘了！」蔚可可驚叫一聲，尤其當她瞧見自家兄長利用那支光箭作爲支撐點，又二度躍起的時候，那張可愛的臉龐更是染上了慌張。

她立刻放棄再攻擊，首要之際先拉開距離再說！

她的弓箭是遠程武器，她哥的長劍則是適合近身戰，一旦距離被拉近，優勢馬上就會倒向她家老哥。更不用說，她哥絕對精明得不會讓她用弓身藉以反擊！

蔚可可不敢猶豫地再躍向另一棵大樹。

同樣已經竄上樹間的蔚商白在後緊追不放。

而從這場戰鬥一開始，蘇冉就眞的完全不曾插手。應該說，他連一絲多餘的心力都懶得分出，只是倚著樹、聆聽音樂，任憑上空那兩人上演一場「兄妹鬩牆」。

即使蔚可可現在是很感激蘇冉的袖手旁觀——如果蘇冉眞的加入，恐怕她也不可能撐到這時候了——但來自正後方的壓迫感，依然可怕得令她驚叫連連。

她這時才終於體會到那些被蔚商白追擊的瘴的心情。救命！眞的太恐怖了！那樣子令人喘不過氣的緊迫盯人……她都覺得在她後頭追著跑的其實是一隻大白鯊了！

就在雙方距離毫無意外地被拉近時，蔚氏兄妹一前一後地落至同一根粗大樹枝，蔚可可扭頭望見蔚商白，她的寒毛直豎，幾乎要爆出尖叫的刹那間——

「一刻！」

驚惶焦灼的大叫聲驀然傳進了樹上、樹下共三人的耳內。

那是牛郎的聲音！

一瞬間，蘇冉扯下耳機，彈離倚立的樹幹，藍眼內燃起焰火。

蔚可可閉上了嘴巴，望著自家兄長，然後兩人有志一同地將勝負扔到一邊，雙雙躍了下來。

不管這場戰鬥沒有分出結果，蔚可可立即也加入蘇冉他們的行列，迅速前往搜尋一刻的蹤跡。

□

一刻覺得自己眞的是被詛咒了。

不過不是那隻妖狐族小鬼對他說的那番話，而是一種名叫「倒楣」的該死詛咒。

從昨晚他的布丁被吃掉，到今早織女離家出走，然後還有現在……

幾乎是剛一脫出左柚製造的火焰範圍，一刻和牛郎就遭到了一陣措手不及的攻擊。眾多的黑色鳥羽絲毫不給他倆有緩氣的時間，凌空急射而來。

一刻的反射神經再怎麼靈敏，這一回也是閃躲得狼狽，他的衣褲被割出了多條裂口。雖然無一傷到皮肉，但是想到再割下去，自己可能就得要在這座山裡衣不蔽體地走路了，一刻可不覺得這情況有好到哪裡去。

牛郎的那身西裝也面臨了差不多的命運，畢竟他也沒料到一脫離火焰，馬上就得面對喜鵲的鳥羽。

就算對方還未正式現身，但一刻和牛郎可以肯定那一定是喜鵲——除了她之外，也不可能會再是其他人。

一刻飛快地召出自己的白針，擊落一批後，立即扯拽著牛郎，一同尋找了一棵大樹當作掩護。

似乎是知道沒辦法再正面攻擊他們，剩餘的幾根鳥羽釘上了樹幹表面後，就中止了這一波的攻擊。

「啊啦啊啦，你們是太久沒活動筋骨了嗎？反應變得比我想像的還要遲鈍，這樣我可是會很失望的哪。」大樹外，一名纖細的少女自空中輕巧地躍落下來，烏黑的髮絲綁成多條細辮子，背上一對鳥類翅膀張開，白瓷般的臉蛋上，古靈精怪的眼眸裡帶著一刻和牛郎都再熟悉不過的嘲弄。「牛郎大人、笨蛋白毛，還麻煩你們振作一點才好。」

「白你媽！老子是沒有名字嗎？」一刻自掩護的樹後走出，目光凌厲如刀，隨著火爆的語氣一同砸向了正式露面的喜鵲，「妳把織女藏到哪去了？人家牛郎織女過七夕妳沒事攪局個屁！」

「這可真奇怪，誰規定織女大人七夕一定得和牛郎大人過？」喜鵲的雙手背後，明明對牛郎、織女都是使用著尊稱，可是聽起來卻彷彿是天差地別，「而且，可是織女大人自己想要離家出走的，喜鵲我才不會做會讓織女大人不高興的事哪。白毛，你懂這意思嗎？」

喜鵲咧出了一抹甜蜜又不懷好意的笑。

「意思就是，我們阻撓你們的行動，也是織女大人允許的唷。」

「不可能！」牛郎反射性上前一步喊道：「千年來的七夕，無論織女多忙碌，無論我倆身在何方，我們都是一同度過的，我的織女絕不會不想和我見面！」

「啊啊？你的意思是說，我會背著我的織女大人做出讓她不高興的事嗎？」喜鵲冷笑，也不甘示弱地上前了一步。恢復常人體型的她，氣勢看起來一點也不比牛郎遜色。

如果織女離家出走的原因不是出在自己身上的話，一刻還真想拍拍屁股，丟下都特意使用「我的織女」的兩隻，一走了之了。他甚至都覺得那對峙的兩人，要是氣勢可以具體化的話，估計就是一幅龍虎鬥之圖了。

可惜原因追根究柢還是出在自己身上，因此一刻只能翻翻白眼，在一旁等待那兩人結束無意義的口舌之爭。

「眞是夠了，他們兩個幹嘛不乾脆把自己的名字繡到織女那小鬼的衣服上算了……」一刻不耐煩地嘀咕。

「我的建議是，別讓他們聽見你現在說的，否則他們百分之百會去實行這個念頭。」一個聲音說。

「靠，我差點忘了這事。」一刻頓時慶幸自己那句話的音量不大，他轉過頭想向提醒他的人道謝，「還好妳提醒我，蘇染，謝……我操！」

一刻的道謝在他看見蘇染、並反應過來蘇染爲什麼會出現在這時，登時變成了一句髒話。

撥了多次手機也聯絡不上的藍眼少女，此刻就站在一刻的身側，一刻連她是什麼時候靠近的都沒發現。她的漆黑髮絲一如往常地綁成兩條長長的髮辮，臉上戴著遮掩不住清麗容貌的粗框眼鏡，右邊臉頰上烙著鮮紅的花紋，而她的右手裡——正持著一把赤紅長刀。

那是蘇染已經進入戰鬥準備的模樣。

至於她想一戰的人是誰……一刻僵著臉，他用腳趾想就可以知道了。

「一刻？」牛郎發覺到一刻那方的氣氛有異，他停下與喜鵲的唇槍舌劍，關切地往一刻的方向看去，隨後換他也愣住了，「蘇……蘇姑娘？」

「你好，牛郎先生。」蘇染用著一貫清冷的嗓音說道。

「蘇染，不要用這種若無其事的語氣說話！妳爲什麼會出現在這裡？」一刻拉高了聲音。

「一刻，你不是猜出來了嗎？」蘇染對著自己的青梅竹馬露出淺淺的微笑，緊接著那笑又斂起，「一刻，你的身上似乎沾著什麼奇怪的……」

「我是猜出妳出現的目的，所以我問的是『爲什麼』？」一刻打斷了蘇染的問句，「蔚可可那傢伙明明說了妳不是跟她們同隊的……喔，幹。」

一刻終於發現到問題出在哪了。

蔚可可的確曾說過，蘇染不跟她們同隊。可是她的全部句子，是說：「沒有的事喔，現在，這裡，就只有我跟左柚哪。」

現在，這裡。

「幹幹幹！那時候，那裡！那丫頭居然是玩他媽的文字遊戲！」一刻鐵青了臉，不敢相信自己就這樣被人糊弄過。

「噗噗，是會上當的人的錯吧？」喜鵲不客氣地嘲笑，背後雙翼完全伸展開，雙腳浮立於地面上，「好啦，閒聊時間完畢，接下來該進入對打時間了——我是很想這麼說哪。不過，白毛。」

喜鵲的話鋒倏地一轉，針對著一刻，一刻下意識擺出防禦姿態。

「你身上是沾到什麼不乾淨的東西？」

「……啊？」原本已經準備好要面對喜鵲更多辛辣毒舌的言辭，一刻卻沒想到對方會突然拋出了這一句，頓時使得他反應不過來地一愣。

「啊什麼啊？你是九官鳥嗎？」喜鵲的嗓音清脆悅耳，可對一刻吐出的句子從來就不曾留過情面，「不要只會說無意義的句子，我在問你哪，你的身上是不是沾到什麼不乾淨的東西？」

「不乾淨？有嗎？」一刻狐疑地低頭察看自己的上衣，覺得自己洗的衣服還算乾淨。

「不，不是那個意思上的『不乾淨』。」牛郎出聲加以解釋，知道一刻還沒眞正理解。他也想到了在利英高中時曾見過一閃而逝的黑氣，猶豫了一下，他憂心地問了，「一刻，你昨天有碰到什麼奇怪的事嗎？」

「奇怪的事？」一刻還是忍不住又重複了一遍，無視喜鵲投給他的鄙夷目光，「沒吧，昨天最多就是和夏墨河、尤里去追……」

一刻的聲音忽然停了下來，表情僵硬。他想到那個妖狐族的小男孩，想到對方喊出的那個詛咒。

「一刻，你有碰到。」蘇染對自己最重要的青梅竹馬的小動作豈會不明白，所以她用篤定的語氣說，「一定有，我看見你的身邊有著奇怪的黑氣，很不明顯，但是存在。」

「奇怪的黑氣？幹，在哪裡？」一刻連忙轉頭檢查，只不過看來看去，什麼奇異的狀況也沒看見，「蘇染，妳是在哪……不是吧？」

一刻像是慢了一拍，才終於反應過來蘇染看見的不是一般人能看得到的東西。

──那名少女有著一雙「看得見」的眼睛。

「一刻，你們去追什麼？究竟是發生什麼事了？」蘇染的藍眼睛顯示著她絕對要打破砂鍋問到底的堅持，事關一刻，她不可能不在意。

「也沒什麼，就只是去追一隻瘴，然後將他消滅而已。」一刻皺著眉，輕描淡寫地把事情帶過去，也不想提到瘴的宿主其實是一個妖狐族的孩子。他覺得那句詛咒只是口頭上的脅迫，他到現在什麼事也沒有發生，所以不願意讓其他人操無謂的心。

況且，還有其他更重要的事。

「夠了，我說沒什麼就是沒什麼。喜鵲！」一刻驀然低沉了嗓音喝道：「別再浪費時間了，織女在哪裡？現在馬上說出她的位置！」

「哇喔，我好怕喔！」喜鵲果然被「織女」兩字轉移注意力，她立刻伸手往虛空一抓，屈起的指間登時夾了數根漆黑的羽毛，在日光下折閃出華美的光芒。「可是呢，憑什麼我要告訴你們？不想辦法打贏喜鵲我，就別想知道織女大人在哪裡。今年的七夕，註定要從『牛郎織女』變成『喜鵲織女』了！」

「不可能，妳想都別想！」牛郎也馬上被轉移焦點，他迅速踢起地面的一根樹枝，左手飛快從上方抹劃過，他雖不是神，但基本的小法術卻是懂得的。

就見白光一閃，被他抓握在手中的樹枝竟成了一柄長劍。

「把織女還來！我的妻子當然要跟我一起度過七夕！『牛郎織女』永遠不可能變成『喜鵲織女』的！」

「是嗎？那就讓我們見眞章吧！」喜鵲甜美的微笑瞬間化爲獰笑，指間鳥羽猝不及防對著牛郎的方向甩射而出。

沒有再浪費時間，牛郎與喜鵲，這兩名在神話故事中該是感情和睦，實際卻是像情敵見面分外眼紅的人物，一言不合乾脆直接開打了。

絲毫不管一刻和蘇染，男人和少女在旁闢出了一個專屬於他們的戰場。

射完第一波的鳥羽，喜鵲快速握住一柄細劍，迅雷不及掩耳地往前劈斬過去。

好不容易終於有這麼一個光明正大的機會，她說什麼都不可能錯過的！

劍與劍的交鋒製造出刺耳的音響，就連四周的樹木也受到兩人凌厲劍技的波及，在捲起的飛砂走石間，不時還會夾雜著樹枝砸落的聲音。

然而相較隔壁戰圈的激烈戰況，一刻和蘇染之間卻仍是毫無動靜。

兩人面對面，更像是在僵持什麼。

「一刻，你還有事沒說出來。」蘇染的視線筆直地凝望著一刻。

「囉嗦，老子說沒有就沒有。」一刻看向對方第一眼時還有些心虛，但緊接著就理直氣壯地瞪了回去，「妳要不要打？妳加入喜鵲那方不就是要跟我打？雖然我該死的根本就不明白妳爲什麼會幫那隻鳥！」

「你想聽眞心話還是表面話？」蘇染輕推鏡架。

「當然是眞……算了，妳乾脆兩個都說吧。」一刻中途改口，他是眞的很想知道兩種理由各是什麼。

「表面話，這是屬於女孩子們的團隊合作，要和你們男生組分個勝負。」即使自己的前方就是打得不分上下的牛郎和喜鵲，蘇染冷靜的表情還是沒有變動，「眞心話，織女答應我，幫忙的話要再給我一打照片。」

至於是什麼照片，一刻不用問也猜得出來，他當下黑了臉，拳頭捏緊。

那個臭小鬼，居然又想拿偷拍他的照片當餌嗎？

「告訴我織女在哪，」即使內心跑過各種髒話，但從一刻口中脫出的卻是——「老子直接讓妳拍個夠！」

「我答應——我確實很想這麼說的，一刻。」蘇染清冷的嗓音滲入一絲惋惜，「可是我已經先答應織女。」

「那麼，就打一場吧，我跟妳。」一刻沒有因此失望，臉上的笑容反倒更盛，眼瞳中閃動著野蠻又好勝的光采，「打贏就告訴我，打輸了我就讓妳拍。」

「聽起來非常讓人心動，一刻。」蘇染摘下了她的眼鏡，她看見一刻身周的那縷古怪黑氣已經淡得彷彿下一秒就會消失，看樣子應該是不會有大礙才是，「再加一個條件。我贏了，告訴我昨晚到底發生什麼事，要鉅細靡遺版的。」

「可以。」一刻勾起了戰意高昂的嘴角，左手無名指上的橘色神紋發亮，瞬間具現化，在空中交叉纏繞形成了雙螺旋狀，「所以就——指令，戰鬥，開始！」

白髮少年剎那間伸手探進螺旋光紋裡，從中抽出一把如劍長的白針，旋即身影如疾風般掠出，幾個跨步間就已欺近前方的藍眼少女。

蘇染的動作也不慢，在捕捉到一刻的第一擊後，就敏捷地提刀格擋，針尖撞上了烙有紅紋的刀身，擦出一瞬的火花。

無視從虎口傳遞而來的痠麻，一刻飛快地又再刺出了第二擊、第三擊……一旦遭到反擊就後退，一旦發現空隙就緊咬不放。

雙方你來我往，一時間打成了平手，難以分辨出誰佔上風、誰又屈居下風。

無論是牛郎、喜鵲抑或是一刻、蘇染，兩方人馬可說都是陷入膠著的情況。

最開始失去耐性的，出乎意料的是一刻。

他是打架打慣的人，也享受著打架時的那股痛快，可是那是在他可以發揮全力、不會綁手綁腳的時候。

不管是和瘴打、和其他不良少年打，他都能盡情且毋須手下留情地揮出拳頭。然而蘇染不是那些不良少年，也不是瘴，她是個女孩子，還是和自己相識十幾年的青梅竹馬。

在這些前提之下，一刻反倒被困住了，他的攻擊忍不住變得急躁。

蘇染當然不會忽略這點，也不會放過利用這點。

又是短短的幾個回合交鋒，她就趁隙逼得一刻轉了方向，換對方站在小徑邊緣。

心知再這樣下去，自己必敗無疑，一刻吸了一口氣。既然無法施展全力，那就用速度結束這場戰鬥吧！

一刻握緊白針，將重心放至微屈的右腳上，隨後腳下猛地一施力一蹬。

可是連他也沒有想到，他踩到的土地剛好意外地濕軟，他右腳頓時往下一沉，並且同時往後打滑。

當一刻身體失去平衡、還反應不過來發生了什麼事時，只聽見牛郎和蘇染雙雙驚恐大叫。

「一刻！」

「一刻！」

牛郎的暴吼幾乎蓋過了所有聲音。

顧不得自己和喜鵲打到一半，牛郎立刻棄戰驚慌無比地向著一刻的方向衝過去。

即使是對人類向來沒好感的喜鵲也變了臉色。她討厭人類，可是一刻的前世同時是織女的孩子，他的身上還流有織女的血脈。

而她，做不到對織女的孩子見死不救！

黑翼猛一拍振，喜鵲也全速飛上前，試圖抓住一刻。

但是連距離最近的蘇染都抓不住了，牛郎和喜鵲又豈可能來得及。

一刻朝著斜坡下方摔了下去。

操！沒那麼衰吧！一刻在心裡大聲咒罵，他伸出手想要抓住什麼，偏偏抓得到的只有鬆軟的泥土，連減緩他下滑的速度也做不到。

在滾了幾圈後，一刻「撲通」一聲跌進水中，冰涼的液體馬上爭先恐後灌進他的口鼻裡。

「噗哈！」一刻用最快的速度自水中坐起，大口地呼吸新鮮空氣，他從頭到尾都濕了個徹底，活像隻落湯雞。

抹去臉上的水，將頭髮往後耙梳，一刻轉頭看了看四周，發現自己居然跌進了一條小溪當中。溪水不深，坐起來也只比他的腰部再高一點而已。

就算現在是夏季，但衣物單薄又渾身濕透，再被山裡的風一吹，饒是一刻也不禁打了個冷顫，覺得身上的雞皮疙瘩也跟著排排站起來。

「一刻！」

「一刻！」

「白毛！」

蘇染、牛郎以及喜鵲同時也從斜坡上跑下來，原來小溪和上方山坡的距離並不會太遠。

只是不知道為什麼，蘇染他們三人一跑近溪邊，就像瞧見什麼驚人的景象，一個個全呆立在原地不動。

一刻原本以為他們是擔心自己的情況，可轉念一想，又覺得不對勁——

如果是擔心，蘇染那雙藍眼睛不會流露出藏也藏不住的震驚；牛郎看上去簡直和失神了差不多；甚至就連喜鵲也沒有先大肆地嘲笑他的狼狽一番，反倒一臉罕有地目瞪口呆。

見鬼了，難道他身後還是這溪裡有什麼東西嗎？一刻忙不迭地跳起來，只不過這一跳，他瞬間就感覺到胸前有什麼重物跟著晃動。

為什麼會有東西晃動？還沉甸甸的……

一刻呆了呆，他慢慢地低下頭。他身上的T恤還是那件T恤，可是應該要平坦無比的胸前，卻多了兩團渾圓，將衣服撐出了突起的弧度。

一刻的大腦一片空白，他下意識伸手摸上了那兩團，然後再一捏。

軟軟的，有彈性的，重點是還連在自己身上……

SWING RECORDS
"MARIE"

一刻將領口拉開，往內一探視，接著他抬起頭，用著比在場任何人都還要驚恐的表情回望向了岸上的三人。

蘇染似乎一時還找不回聲音；喜鵲的巧舌失去了作用；最後是牛郎像從夢中醒過來。

牛郎乾巴巴地擠出話，「呃……一刻，我想你應該再檢查別的。」

一刻嚥嚥口水，幾乎是以著驚悚的眼神看著出現在自己身上，正確名稱是「女孩子的胸部」的那兩團肉。然後他戰戰兢兢地再伸出手，將褲腰連著內褲一同拉開。

他鼓起勇氣地低下頭——

「我要詛咒你——我詛咒你會失去最重要的東西！」

妖狐族孩童的吶喊彷彿還留在耳畔。

一刻的臉色驟然發白。幹，他眞的失去最重要的東西了……幹拎娘啊！他下面那根居然不見了!!

但是上天顯然覺得事情還不夠混亂，當一刻被打擊得面如死灰的時候，又有數抹人影接連地自斜坡上疾奔下來，分別是蘇冉、蔚商白和蔚可可。

他們是尋著牛郎的那聲大叫找過來的，只不過就在他們也跑至溪邊、看清溪中身影的狀況後，他們臉上的表情也和蘇染他們差不多。

蘇冉和蔚商白當場是呆若木雞。

蔚可可張大嘴，食指指著溪中。

「白髮、很多的耳環，還、還有那超凶的眼睛……宮一刻？騙騙騙騙人吧？女生版的宮一刻!?」

蔚可可覺得自己一定是在作夢，她深深如此相信著，否則任何理由也沒辦法解釋她會看見一個女孩子版本的宮一刻。

囂張炫亮的白色髮絲因爲增加了長度而變得柔和，雙耳上還是掛著多個耳環；尖細的下巴和秀氣的臉孔輪廓，使得一雙眼睛看起來更大，但吊吊的眼角還是保存著一份凌厲和銳氣。

即使如此，那看起來仍是一名纖細嬌小的女孩子，細瘦的肩膀手臂就是和男孩子不同。更不用說她的上圍有著明顯的渾圓曲線，單薄又濕透的上衣幾乎掩不住她的胸前春光……

等一下！蔚可可猛然回過神，她蹦跳起來，慌慌張張地往周遭看了看，隨即是衝向牛郎。也不管對方的意願，強硬地就是將他的西裝外套一把扯下。

牛郎還反應不過來是發生什麼事，就已見到蔚可可不顧會濕了鞋襪、三步併作兩步地向溪中白髮少女跑去，將西裝外套蓋至她的身上。

「男生們通通不准亂看！」蔚可可張開雙臂，氣勢十足地大叫道：「哥、阿冉、牛郎先生，把你們的眼睛轉開！怎麼可以盯著女孩子的胸部看！就算她再像宮一刻也不可以，而且她還沒有穿胸罩啊！」

這一聲大叫就像平地一聲雷，轟得所有人驀然回過神。

牛郎馬上將臉轉向其他方向；蔚商白和蘇冉破天荒地微紅了臉。

「一刻！」蘇染同樣也無視溪水會濕了腳，立即想踩進溪中。

「給我慢著！」一刻簡直想咒罵這個軟綿綿還沒有什麼魄力的聲音，可她還是皺著眉將話說完，「不要弄濕妳的鞋子、襪子，我這就上來。蘇染，在岸上等著。」

緊接著，一刻突地又伸手拍了蔚可可的後腦一記。

「我靠！什麼叫就算她再像宮一刻也不可以？妳到底是把我當成什麼鬼標準了？」

「咿！不是吧？不是吧？所以是真的宮一刻!?」蔚可可沒有抱頭哀叫，而是目瞪口呆地瞪著披上西裝外套的白髮少女。「不是我在作夢？但但但是，妳爲什麼會變成女的了？」

「這該死的真是一個好問題。」一刻咬牙切齒地擠出聲音，內心則是狠狠地咒罵過那名妖狐族孩童的祖宗十八代一輪。

捉緊西裝外套的前襟，不讓胸前春光再外洩，她拖著濕淋淋的身子，忍耐著胸部突然增加重量且身高縮水的怪異感覺，一步步地往岸上走。

這他媽的真的太奇怪了，他一個男的卻突然變成女的！

「一刻、一刻，妳有怎樣嗎？有沒有哪裡不舒服？」蘇染在一刻踏上岸後，就急急地握住她的手，清麗的面孔上全是最眞切的焦灼，「我可以抱抱妳嗎？」
「喂，不要混進奇怪的話，不要以爲我現在比妳矮就會給妳抱。」一刻惡聲惡氣地說道。
「抱歉，那只是一時不小心。」蘇染從善如流地再改過，「一刻，所以有哪裡不舒服嗎？」
「要是我下面的東西回來，然後我胸前這兩團肉消失，就沒有什麼不舒服了。」一刻幾乎是惱火地拉開西裝外套，她覺得這身體根本他媽的就不是自己的，「我操他的，那個欠揍的死小鬼……」
「死小鬼？所以妳果然是招惹到什麼不乾淨的東西了？白毛，妳這模樣可眞是狼狽哪。」喜鵲也走了過來，她嘴上一如往常地嗤笑著，一手卻是往一刻身上一揮，所有水氣頓時盡數剝離，凝成了一顆水球，再被喜鵲隨手往溪裡一扔，嘩啦一聲地破碎。
一刻感覺到身上又回復了乾爽，她忍不住有絲吃驚。喜鵲向來不會做出什麼好心之舉的，這名少女的體貼向來都只留給織女。
一刻又瞥了一眼喜鵲，更加驚悚地發現到，對方那雙烏黑的眸子裡居然有著一絲柔軟的情緒。
「原來如此。」蘇染說，「一刻，妳現在的樣子，眞的就是織女和牛郎先生的女兒了。」
……啊！一刻刹那間恍然大悟。

「還眞的是原來如此……個蛋啦！」一刻驀然又低吼出聲，「最好是這個原因。左柚也是女的，我怎麼不見那隻鳥對她好？」

「誰是那隻鳥？妳的腦子是浸水了嗎？連正確的稱呼都說不出來？」喜鵲抱胸一冷笑，如一刻所願地又施展伶牙俐齒，「我爲什麼要對那隻四尾狐狸好？她前世是織女大人的兒子，也是那個討人厭的牛郎大人的兒子，我一看見只會想到那張令人火大的臉哪。」

「那我前世是女的，怎麼就沒見妳對我好過？」一刻單純只是想獲得一個答案。

「說什麼傻話？」喜鵲抬高下巴，發出了鄙夷的笑聲，「妳今世可是一個男的。」

「啊，不好意思。什麼男的女的，我聽得頭都快暈了……讓我打個岔好嗎？」也涉水回來的蔚可可舉起手，「重點不應該是宮一刻爲什麼會變成女的嗎？還有牛郎先生一直在眼巴巴地看著這裡耶。」

一刻沒想到有一天會被蔚可可一針見血地指出重點，她尷尬地咳了一聲，像是要掩飾自己離題望向了男性們的方向。

確實正如蔚可可所說，牛郎正眼巴巴地盯著她，並且一臉感動得快哭出來的模樣。

「一刻。」牛郎小心翼翼地說，那雙桃花眼溫柔似水，「妳現在可以……叫我一聲『爹』嗎？」

「爹你妹！」一刻的回答是這三個字外加一記中指，「夠了，你們幾個可以滾過來了，用不著站那麼遠。老子只是變成女的，又不是身上有毒！」

「就算妳身上有毒，也比不過現在這狀況的衝擊性。」蔚商白顯然已經恢復以往的冷靜，聲調和眼神都如平時般淡然堅冷。

「馬的，蔚商白，你是在看哪裡說話？最好我的眼睛有長在那麼高的地方。」一刻抱著胸，臉色不善，他可不喜歡有人不看著自己的雙眼說話，「給我低下頭。」

「在妳將自己完全用外套包得緊緊之前，請恕我拒絕。」蔚商白的視線還是固定在一刻的頭頂上方，「就算妳還是宮一刻，但妳現在擁有女性的身體這點，是無庸置疑的。」

「簡單來說，就是我哥怕低下頭會看見不該看的東西。」蔚可可小小聲地說，「他是一板一眼的糾察隊大隊長嘛，不過我覺得他更像悶騷啦。」

「蔚可可。」蔚商白發出警告。

蔚可可連忙吐吐舌頭，閉上嘴巴。

「什麼叫怕會看見不該看的？是不會學蘇冉一樣，若無其……幹！蘇冉，是誰叫你若無其事拍照的！」一刻惱羞成怒地低吼，「把你和蘇染的手機收起來！」

「讓人拍一下嘛，宮一刻妳變成女的很稀奇耶。像如果是夏墨河或小染、阿冉他們變，就沒什麼新鮮感了。因為夏墨河穿女裝就夠像女的了，而小染和阿冉就算變，也跟現在沒兩樣嘛，只是名字調換一下而已。」這麼說的蔚可可睜著圓圓大眼睛，一手也拿著手機。

「……隨便你們了。」就算變成女孩子，一刻對可愛的人事物的抵抗力還是絲毫沒有減少，蔚可可的央求頓時令他招架不住，只能敗退。

「一刻，妳究竟是遇上什麼事？情況已演變成如此，我想妳可以不用再特意瞞著我們了。」牛郎不愧是所有人當中最成熟穩重的，震驚一旦過去，馬上就直切問題中心。

「在你說這種事的時候，能不能把你那靠杯的手機也收起來，不要對著我的臉。」一刻惡狠狠地給了牛郎一枚大白眼，但她也知道現在不是繼續將事情瞞下去的時候了。

操，都變成這德性是還能瞞什麼瞞？

耙了耙一頭變長的白髮，一刻不甘願地吐露昨夜的遭遇。

「我跟夏墨河、尤里昨晚不是在抓瘴嗎？瘴是消滅了，然後……蘇染、蘇冉，他媽的不要趁機給我開錄影功能！我說到哪了？總之，問題不是出在瘴的身上，而是瘴的宿主。」

「宿主？」蔚可可訝異，「宿主難道不是人類？」

「沒錯，不是人類。」只要再一回想起來，一刻就心頭火生起，她咬牙切齒地說，「那傢伙是妖狐族的小鬼，就是那個死小鬼臨走前詛咒我會失去最重要的東西……幹，要是被我找到他，絕對捏死他！」

「妖……妖狐族？」蔚可可大吃一驚，「那不就是和左柚同族？」

「一刻，所以妳稍早前才會說忘記聯絡左柚，因爲妳想問這事嗎？」牛郎立刻把之前的事串聯起來，推出一個結論。

「啊。」一刻心不甘情不願地點點頭，她現在有點後悔沒有積極聯絡左柚了，「我本來是要找左柚問的，但被這堆事情弄到給忘……蔚商白，把你那像是看白痴的眼神收回去，我哪知道那小鬼的一句話會成眞？」

「即使如此，我還是想問，宮一刻，妳是白痴嗎？」不管面前的朋友是男是女，蔚商白說話還是一如往常地不留情面，「連自己的安全都不重視？」

「閉嘴，不要說得一副全是我的錯的樣子。」一刻惱火地反擊，「要不是那死小鬼自己記憶混亂，忘了曾變成瘴，卻還記得被我們追著跑。如果不是他把我當壞人，我何必變成這德性。」

「很可愛，眞的。」蘇染說。

「眞的很可愛。」蘇冉也說。

「你們兩個也閉嘴。」一刻沒好氣地厲了兩名青梅竹馬一眼，「再拍當心我將你們手機的SIM卡折斷。」

「其實我也覺得很可愛啊……不過現在重點不是這個。」在一刻投來凶惡的眼光前，蔚可可就改口，並且眼巴巴地看向蘇染和喜鵲，「小染、喜鵲，那個……現在該怎麼辦？宮一刻變成女的了，遊戲還要再繼續下去嗎？」

「幫忙到此爲止，我退出，接下來我是一刻這邊。」蘇染直接表明立場。

「不玩了、不玩了，都這樣還能玩什麼玩？」喜鵲撇撇嘴，「本來還想趁機做掉牛郎大人的……喂，白毛，妳先打個電話給那隻狐狸，確認她現在的位置。」

「靠，妳別把眞心話也說出來行不行？」一刻嘀咕著，翻出手機，開始播打左柚的電話。

這回沒有轉入語音信箱，相當快就被人接通了。

「宮同學？」左柚的聲音響起，「請問、請問有什麼事嗎？」

一刻剛要張嘴，卻猛然想起自己的聲音可是女的。她連忙嚥下已經來到舌尖的話，一把將手機塞給蘇冉，用眼神示意他幫忙代言。

「我是蘇冉。」蘇冉簡潔地將話接下去，「遊戲結束，妳在哪？喜鵲問的。」

「咦？」雖然對於通話對象突然換人感到困惑，左柚還是依言回答了，「是、是喜鵲問的嗎？那請幫我轉達，我和畢宿都在『約定好』的地方，如果沒有其他事的話，我……」

「有，一刻希望妳過來。」蘇冉打斷左柚的話，「在原來的山裡，很緊急，妳一人過來就可以。」

語畢，也不管左柚詫異地在話筒另一端追問連連，蘇冉切斷通訊，將手機還給一刻。

「哇咧，你這樣說豈不是讓左柚提心吊膽，以爲出什麼大事？」一刻咋舌。

「但妳不想讓其他人再見到這模樣，不是嗎？」蘇冉平靜地說，「我們過去會碰到其他人，我聽見她身邊有畢宿、夏墨河、尤里和織女的聲音。」

「織女？我的妻子也在那嗎？」牛郎大喜，得知織女位置總算讓他的心情安定一些。

蘇冉輕點一下頭，左柚身後的聲音對他而言格外地清晰，他可以清楚地分辨出是誰在說話——他擁有異於常人的聽力。

「既然她要來，我們先下山等吧。在這座滿是狐狸味的地方待久了，我可不喜歡。」喜鵲的身形突地又變化成巴掌般的大小，她拍拍翅膀，下巴對眾人高傲一抬，隨即率先往某個方向而去。

「狐狸味？」一刻納悶地皺起眉。

「聽左柚說，這山是他們妖狐族的避暑勝地，有時會有其他妖狐過來。」蘇染解釋道：「一刻，我們也走吧。」

「你們通通走前面，我可受夠有人在後面拚命拍照了。」一刻板著一張臉，執意由自己負責墊後，對於某些失落的嘆氣聲充耳不聞。

一刻向來都是一馬當先的，因此難得居後觀察別人，對她來說相當新鮮。

只不過，就在幾分鐘後，她就後悔這個決定了。

不是她膩了觀察，而是、而是——

突如其來地，有雙手抓住了她的腳踝，她來不及大叫，就覺得自己的身體往下一墜。

前方沒有人轉頭看見她發生什麼事。

□

頭痛、暈眩、身體痠痛。

這是一刻在重新掌握自己的意識後，最爲鮮明具體的感覺。

「幹，有沒有衰到這種程度的……」一刻咒罵一聲，奮力睜開了眼睛。她還記得發生了什麼事，她在路上走，但突然被一雙自地面冒出的手抓住腳，往下一拉。可她不確定自己有沒有眞的暈過去，或是暈過去多久。

不管如何，一刻在睜眼的同一瞬間，就是握住自己召出的白針，警戒地彈撐起身體。

「哇啊！」一陣細細的尖叫頓時因爲一刻的這一個動作，像波浪似地蔓延開來。

有人！一刻凌厲了眼，馬上循聲望過去，同時將身體調整爲隨時可以攻擊的姿勢。只是當她的雙眼捕捉到那些發聲的物體，她不由得目瞪口呆，眼睛睜得又圓又大。

她看見了好幾團的白毛球，就在她身前不遠處的石堆後。

她看見那幾團白毛球也在偷窺著她……不對，那不是白毛球。牠們有著黑黑像鈕釦的眼珠，毛絨絨的尖耳朵，還有一條蓬鬆的雪白尾巴。

是一群小狐狸！

一刻震驚地瞪著那群似乎只有她的巴掌大的小狐狸們，越來越不能明白眼下是怎麼一回事，她突然又陷入了那一團操他的混亂裡。

深吸一口氣，一刻飛快環視四周，發現自己赫然是身處一座洞窟裡。洞內乾淨涼爽，像被人特意清掃過，就連她身下躺的地方也放了一層軟墊。

「見鬼了，我為什麼會在這裡？」一弄清目前的狀況，一刻跳了起來，白針馬上指向那堆白毛球，「你們又是什麼東西？」

「醒來了。」一個白毛球說。

「她醒來了。」另一個白毛球也說。

「老大帶回來的女孩子醒來了啊！」又一個白毛球說。

「女你老……」思及自己此刻確實是女孩子，一刻硬生生改了口，「你們老大是誰？他X的在哪裡？快說！」

雖說如今外貌是女孩子，卻不代表一刻的脾氣就會收斂，而她那雙又凶又狠的眼睛也沒有因性別而改變。

「咿！好凶，未來的大姊頭好凶、好可怕！」白毛球們迅速畏縮成一團，身子還在明顯地瑟瑟發抖。

大姊頭？這又是三小？一刻呆了呆，一時沒心力去注意那些大睜著眼睛、抖個不停的小狐狸們有多可愛。

大姊頭是那個意思嗎？大姊頭是那個意思吧！

「幹拎嘰歪啊！是誰把老子帶到這鬼地方來的！」一刻暴怒大喝，清秀的面孔躍上了猙獰色彩，登時更是嚇壞一票窩在一起的小狐狸。

「是我。」一道童稚的聲音剎那間插入。

洞口處，一抹矮小的身影出現在那。因爲背著光，一刻一時看不清楚對方相貌，只覺得自己好像在那名小男孩的頭上和屁股後，看見了狐狸耳朵與狐狸尾巴，還是黑色的。

「好了，你們先到外面去。」那名小男孩一揮手，縮在一塊的白色小狐狸們馬上聽話地鳥獸散，一下就消失在洞穴當中。

一刻正覺得那聲音似乎似曾相識，那抹身影也向前走，來到了足以讓他看清全貌的距離。

這一看，一刻這次是眞的徹底地呆住、愣住、傻住了。

那黑色的狐狸耳朵和尾巴，還有那張稚氣的臉蛋，全都熟悉得讓一刻忍不住想咬牙切齒。才一天的工夫，加上那筆深仇大恨，就算她有認人障礙，也絕對不會忘記那張可恨的臉。

王八蛋！眼前的小鬼居然就是昨夜詛咒她的死小子！

一刻的心裡瞬間翻騰起滔天大怒，她捏緊拳頭，全身氣得發抖。

而彷彿沒有察覺到面前少女的異樣，小男孩深吸了一口氣，忽然紅著臉，將藏於背後的東西猛然遞向前。

「我、我叫作明昊！請問妳願不願意等我成年後，成為我的新娘？」小男孩高舉著一堆連一刻也認不出是什麼的花，像是用盡力氣地大聲說道：「雖然我的年紀還小，但我一定會、一定會好好對妳的！」

「……啊？」一刻的怒火暫時中斷，她瞠目結舌地看著對自己說出驚人之語的小男孩。

「對不起，我、我知道是我太唐突了。」明昊結結巴巴地說，滿臉緊張不安，「可是我剛剛發現了妳的氣味，一見到妳的時候，就對妳一見鍾情了！妳是來自外地城市的妖狐嗎？我在族裡從來沒見過妳，妳的氣味聞起來很強大……妳已經有兩條尾巴了嗎？」

「尾……」一刻繼續瞠目結舌。

「我目前只有一條，不過我會拚命修煉，長老也誇我很有天分的！」明昊挺起胸膛大聲說，然而見到一刻還是用那副震驚的表情看著他，他遲疑一會兒，說，「難道……妳已經有男朋友了嗎？」

就是這句話讓一刻回過神來，並且理智神經在這瞬間宣告斷線的。

「男你去死啊！誰他媽的有男朋友！」一刻大怒，飛快地撲向前方的妖狐族孩童，抓扯住他的衣領，將他粗暴地壓制在地面上，「我操你的！老子只會有可愛的女朋友，再說一句男朋友，當心我踢爆你的卵蛋！」

「妳、妳……」明昊似乎被這一番粗魯的咒罵嚇住了，只能傻傻地躺在地上，瞪著壓住自己的白髮少女，「妳是蕾絲邊⁉」

「蕾你老木！」一刻猙獰著表情，反手將白針插進明昊臉邊的地面裡，「老子是男的！老子只是因爲你那天殺的詛咒才變成女的！死小鬼，你是忘記我昨天說的話了嗎？欠人教訓的小鬼就是要直接打一頓，誰管你他媽的是哪個族！現在立刻把我變回來，否則我會將你揍到連你那票小弟也認不出你是誰！」

「不……不可能！」那熟悉的台詞、那熟悉的恐怖氣勢，立刻就讓明昊回想起昨夜那名白髮少年。他不敢置信地倒抽一口氣，「妳不可能是他，妳明明有我同族的氣！妳明明是妖狐一族而不是人類啊！」

「誰跟你妖狐一族！」一刻一把又提拎起明昊，目光凶狠逼人，「老子不能有妖狐族的朋友？老子就不能沾到她的氣味嗎？啊？」

面對那砸在自己臉上的眞相，明昊只覺自己的心要碎了。

他以爲自己找到可以成爲伴侶的妖狐族同胞，卻沒想到對方原本是男的……還是昨夜追殺他的可憎人類之一！

「妳欺騙我……妳居然蓄意欺騙我……原來這就是妳的目的嗎？」明昊眼裡的戀愛之光熄滅，取而代之的是不符合他青稚外貌的強大憤怒，「原來妳是想藉機接近我，然後扒了我的皮賣到黑市去對不對！卑鄙的人類，我不會饒妳的！」

明昊的瞳孔轉成針尖般的形狀，猛然由口中吐出一團熾烈火焰。

「我操！」曾和左柚交手過，對妖狐族的攻擊招式也有一定了解的一刻，在一發覺有異，馬上及時向旁閃避而去。他抓起插在地上的白針，毫不猶豫地選擇拔腿往洞外跑。

別開玩笑了，在洞裡打？塌了壓不死那小鬼，但鐵定會壓死自己！

洞外是一片蔥綠樹木林立在周圍，看起來和一刻先前走過的地方大同小異。

「別想逃！」一隻黑色狐狸自洞窟內追了出來，那是恢復原形的明昊。

「逃你妹！」一刻就站在洞外，她對著那隻黑狐狸比出了一記中指，嘴角拉開獰笑，「再給你最後一次機會，把我變回來，否則我會把你揍到哭著求我！」

假使這時候夏墨河在場，那名神似美少女的秀麗美少年一定會露出傷腦筋又覺得有趣的笑容，說：這樣會讓人分不出反派是誰了呢，一刻同學。

「求妳這卑鄙的人類？想都別想！」黑狐狸張嘴又是連吐多團火焰，隨即是尾巴如鞭子般延長，再飛也似地一甩，銳利的風壓像鐮刀割過一刻身旁樹木。

就算變成女的，一刻矯捷的身手也沒有因此改變。她俐落地避開那些朝她壓來的樹木，連跑帶跳，白針劈開迎面而來的火焰。

下一秒，白針再次凌厲揮斬出，一道閃電似的白痕立即劈向了黑狐狸的下盤。

而當白針一揮出，一刻緊接抓出口袋裡的白線，用最快速度將他們周遭圍出一層結界。

眼見白痕往腳下掠來，黑狐一轉眼間又化成人形，飛快往一旁樹木一踏，再藉力躍起，雙手伸直抓住更上方的樹枝，一個敏捷翻身，人已經落在了上面。

明昊迅速仰高頭，捕捉到四周景物的剎那疊影。

「妳做了什麼？妳是什麼？」明昊厲聲逼問底下的一刻，「妳不止是單純的人類，莫非妳想趁隙將此時待在山裡的同胞一網打盡嗎？這是何等無恥！」

「無恥的是你那顆壞掉的腦袋！你是妄想症發作嗎？」一刻覺得自己可是受夠一再被人冠上莫須有的罪名。明明衰小的是他，爲什麼那死小鬼卻搞得他才像是加害者？

「不管你是不是腦袋有洞，老子已經火大到不行了！」猝不及防間，一刻一腳狠踹上明昊待著的樹幹，那纖細的腳，力道卻出乎意料地大，竟讓樹木猛地搖晃一下。

明昊暗暗一驚，不敢再小覷對方。他的指甲變尖，手指化成獸類的爪子，身子一弓，迅雷不及掩耳地撲躍而下，尾巴甩出層疊火焰，每一圈火焰都像是弧形的彎刀，來勢洶洶地鎖定一刻。

雖然這些火焰看似嚇人，但一刻可是曾面對過左柚的火焰。四尾妖狐的驚人狐火，豈是年齡連百歲也不到的黑狐能比得上的？

一刻依然是輕易就斬開了那些火焰，無視明昊震驚的目光，她腳下速度猛地加快，一晃眼就逼至明昊的面前。

扔掉白針，一刻握住拳頭，對著明昊轟下了措手不及的一拳。

明昊只感到火辣的疼痛瞬間湧上，還來不及進一步意會過來，他那矮小的身軀同時倒飛出去，直到撞上樹幹才終於停了下來。

發出如同要嘔吐的呻吟，明昊的身子滑落在地，眼神是渙散的茫然，似乎一時間分不清東西南北，半邊臉頰更嚇人地腫了起來，由此可看出一刻的拳頭下確實沒有留多少情面。

「好了。」一刻站定在明昊面前，十指折得卡卡作響，「把我回復原狀，不要以爲小鬼做錯事就可以被原諒。」

明昊費了好一番力氣才聚集焦點，臉頰傳來的疼痛讓他幾乎說不出話，這或許是他第一次面對這麼直接的暴力——比起上一回的打屁股還疼了不知道多少倍。

「我……」明昊含糊地吐出聲音，「我……」

「嗯？」一刻彎下腰。

「我的答案是……」明昊抬起頭，眼瞳戾光一閃，「我的答案是，我拒絕！」

隨著最末一字衝出，跟著自明昊口中吐出的還有氣勢凶猛的火焰。

要不是一刻及時閃躲，恐怕就不僅僅是燒去一縷頭髮那麼簡單了。

「馬的，你這死小鬼！」一刻大手抓住明昊的衣領，正要將他不客氣拎起，就聽到身後傳來了氣急敗壞的叫喊聲。

「放開老大！」

「壞人！快放開我們的老大！」

以為已經離開的白色小狐狸們居然從草叢裡衝了出來，牠們邁著四隻小短腿，耳朵憤怒地豎得高高的，就像要驅趕一刻般露出還不夠尖銳的牙齒。

一刻的臉色驟然大變，卻不是因為看見那群白毛球的出現，而是瞧見有東西自牠們頭頂上砸落下來。

那是一大蓬燃燒著的枝葉！

明昊的火焰在攻擊落空後，飛向了更遠方的樹枝。

或許是因為受到重擊而失去控制力，明昊這次吐出的火焰沒有自動消失，反倒是迅速地燒起樹枝，增大火勢，使得那茂密的枝葉燒到失去連接點後，像團大火球般掉墜下來。

小狐狸們沒有發覺來自上方的危險，一心一意要解救牠們的老大。

「消失……快消失啊！」也目睹這一幕的明昊驚恐大叫，小臉煞白，但如今的他已經沒有多餘的力氣阻止一切了。「不要——」

一刻鬆開手，轉身向那群小狐狸們衝了過去。

就在千鈞一髮之際，自另一個方向無預警衝出了一束金色火焰。

那火焰宛如旋風，轉眼間從中攔阻了那蓬燃燒熾烈的枝葉。

無暇去看頭頂上方發生什麼事，一刻長臂一撈，抱著那群小狐狸往旁飛快地滾了幾圈，才撐起身體。

白色小狐狸們也忘了要趕緊咬上這名壞人好幾口，牠們一個個都睜大眼、目瞪口呆地看著空中令人感到驚奇的一幕。

金色的火焰將那團火球全數包圍，一口氣吞噬殆盡，緊接著又優雅地繞出一層層的圓。

當金焰瞬間消逝，取而代之的是一名留著及肩金褐髮絲、外貌柔美的少女，那對金黃眼睛證明了她並非常人。

明昊的腦海一片空白，他分辨得出對方和自己是同族的，那氣味就和他在那名白髮人類身上聞到的一樣。

「左……左柚？」一刻鬆了一大口氣，慶幸左柚的及時到來。

「宮同……」左柚忙不迭地望向一刻，想要確認對方的情況是否安好。蘇冉的那通電話讓她一顆心是懸在半空，立即從「那地方」趕了過來，沒想到還沒遇上蘇冉他們，就先感應到同族氣息。

只是等左柚看清前方的那名白髮少女，她的聲音頓時卡在喉嚨裡。

憑藉著已經覺醒的血脈，她馬上確定對方就是一刻，但也因爲確定了對方身分，腦海不禁更加混亂。

宮、宮同學變成女的？爲什麼一刻會變成女的!?

在一時無法思考的情況下，左柚只能憑著本能做出了動作。

當那聲已經聽到麻木的「卡嚓」聲響起，一刻最多是無力地翻下白眼。「眞是夠了，你們一個一個是拍不膩嗎？左柚，先打電話給蘇染，跟她說妳找到我了，然後她會用最簡潔的方式解釋一切。」

「咦？啊，好。」左柚下意識地點點頭，連忙照著一刻的指示做。

一刻放開圈在臂彎的那團白毛球們，不意外見到牠們立即用最快速度衝向明昊。

任憑幾隻小狐狸縮在自己身邊，明昊盯著一刻和左柚，內心混亂無比，卻也不敢貿然行動。

那名忽然出現的族人，怎麼看都與自己的敵人互相認識……他們是什麼關係？眞的是那名人類口中的朋友嗎？

左柚很快就打完了電話，不單是向蘇染匯報了情況，也從她那裡得知一刻變爲女孩子的事情始末。

「宮同學，難道說那孩子……」左柚望向樹下的明昊，不確定地問著。

「就是他沒錯。你們是同族的，快叫他把我變回來。」一見事情終於可以順利解決，一刻一屁股坐在地上，五指往後耙梳白髮，「胸前多了兩團肉可眞是他媽的重。」

「哎？可是女孩子的宮同學，很可愛呢。」左柚眞心地讚美道。

「我不要可愛，我只要變回男的，下面那根也一併回來。」一刻揮了揮手，「左柚，拜託妳了，麻煩妳了，我會做新的吊飾當作謝禮的。」

「雖然很可惜……」左柚幾乎是惋惜地低語，一刻現在的模樣讓她想到他們的前世。

隨即左柚就向著明昊走去，在他身前蹲了下來。

「你應該聞得出來，我和你是同族吧？小朋友，可以告訴我，你爲什麼要對宮同學做這種事嗎？你對她下了詛咒，但一般妖狐的力量難以輕易做到，你是……啊，你是巫者的繼承人選嗎？」

明昊瞪大眼，他的反應證實了這個答案。

「巫者？那又是什麼？」一刻對這陌生的名詞揚起眉。

「簡單說就是巫師兼占卜師。」左柚回頭，輕聲解釋道：「宮同學，我族的同胞會因力量不同而各司其職，巫者就是其中一職。他們會幫我族預測運勢，在遇上危困時給予意見，有時也會占卜一下股票趨勢和基金走向。」

「還眞現代化……」

「而巫者的力量比較獨特。他們的語言有時可以化爲眞實，也就是常人口中所說的『詛咒』。」

「有辦法解開吧？」一刻只想弄清楚這個。

「有的。」左柚露出安撫的微笑，「只要詛咒的人幫忙解開就可以了。」

「我不會幫忙的！」明昊忽然激動地大聲說，「我絕對不會幫忙的！」

「爲……」左柚不禁愕然。

「妳跟這人類認識吧？可妳根本不知道她的眞面目！」明昊的聲音高亢起來，「她和她的同伴追捕我，甚至還故意用女孩子的身分接近我，想趁機扒了我的皮賣到黑市去！她是一個卑鄙無恥，而且頭髮還跟漂白水沒兩樣的邪惡人類！還是醜女！」

「醜你……」一刻當場就要發飆大罵，但是左柚的手臂卻如同阻止般快一步舉起，使得一刻硬生生吞下了話。

「宮同學，接下來全部交給我處理好嗎？」左柚背對一刻，細聲細氣地說，「拜託妳了，一刻。」

一刻對左柚的央求向來很難說不。

得到一刻的默許，左柚那雙美麗的金色眼眸便重新盯住明昊。

「我不會原諒你剛才說的那些話。聽清楚了，巫者的繼承人，我不允許任何人以那些話侮辱我最重要的家人。年紀小並不能當作藉口，說出的話就要自行負責。既然你能大放厥辭地說，那麼想必你也已經做好了心理準備，對吧？」

左柚的嗓音還是一貫地柔美細弱，可是明昊的眼眸卻越睜越大。他和身邊的小狐狸們都驚恐地豎起尾巴，看著面前的美麗少女也露出和他們相同的毛絨尖耳，以及一條、兩條、三條、四條──

四條碩大華麗的狐尾優雅地在她身後伸展。

明昊面如死灰，他們族裡就只有一名四尾妖狐，就算沒見過，可任何一位妖狐族的人都知道……

「對、對不起！副族長！是我做錯了！請您原諒我──」

□

接下來發生的事，一刻覺得自己一定會永生難忘。

總是溫柔似水，給人柔弱印象的左柚，一把抓起了明昊，毫不留情將他壓按至膝蓋上，重重地打了他一頓屁股，打得那名心高氣傲的小男孩哭得一把鼻涕一把眼淚。

最後明昊不但哭著解開一刻身上的詛咒，還哭著向他低頭道歉。那模樣，連一刻見了不免都要覺得可憐。

等到牛郎他們終於尋到此處，早已不見明昊和那群小狐狸們的身影，他們只看見左柚和恢復性別的一刻。

對於那些傳出的失落嘆息，白髮少年很乾脆地選擇什麼也沒聽見。

□

雖說一刻變回原來的性別，但喜鵲和畢宿聯手策畫的遊戲也已宣告中止了，放棄再繼續進行下去。

「眞是讓人受不了，你看看你，你這蠢蛋白毛，都是你讓遊戲沒法再玩的。把你的腦袋栓緊一點吧，下次再變成女的，我可要不客氣地大肆嘲笑你了哪。」喜鵲的毒舌隨著一刻回復性別也跟著回來了，扔下這番尖利的言辭，她領著一刻一行人向著某個地方而去。

就如同他們來到這山時一樣奇異，回程的時候也是從一個無中生有的大洞內跳進去，然後等到眼前再次重見光明，映入所有人眼中的依舊是再熟悉不過的景色——

只不過不是利英高中的操場。

一刻吃驚地瞪著前方的兩層樓建築物，「這……這是我家!?」

「噗噗，白毛，你已經連自己的家都認不出來了嗎?你的腦細胞終於不行了哪，當心過不久就會痴呆唷。」喜鵲掩著嘴嘲笑，古靈精怪的大眼睛幾乎是憐憫地瞅著一刻。

「放心好了，我可以自願充當看護。」蘇染輕推一下鏡架。

「幫忙扶去廁所。」蘇冉向來平淡的語氣注入了自告奮勇的意味。

「沒辦法，我會定時探望你的。」蔚商白用一種像是無可奈何的音調說。

「王八蛋!通通都去死吧!」一刻的額角爆出青筋，衝著三人就是比出一記中指，旋即又注意到平常都會跟著起鬨的蔚可可，這次居然難得沒發聲。

一刻不免有些納悶，他轉頭尋找那抹嬌小身影，很快就發現她和左柚忙著在窗外探頭探腦，好似在觀察房內的動靜。

「妳們倆在看什麼?」一刻正要走過去，蔚可可和左柚就慌慌張張地衝過來，不讓他上前一步。

「沒事，什麼事都沒。」蔚可可連忙搖著手，但一刻又不是第一天認識她，她越這樣說就代表越有事。

一刻的眼一瞇，但尚未有所行動，就換左柚拉著他的手，不讓他有接近窗戶的機會。

「真的沒事，宮同學，你不用過去看的。」左柚緊張地說，翦翦金眸凝望一刻，「拜託你了，這是我的請求。」

被那樣的眼眸注視，被那樣的嗓音央求，一刻的決心立刻就像雪融，消逝得無影無蹤。

「算了，不看就不看，不過我進我自己的家總可以吧？」一刻皺著眉問，要是連門也進不去，那他就要問他們到底帶他回來幹嘛了？

「啊啦，不然你以爲我閒著沒事做帶你回來嗎？」喜鵲哼笑一聲，她一彈手指，門板自動應聲開啓，「進去吧，織女大人就在裡面。」

明明是自己的家，但一刻今日一踏進門，就感到有種奇妙的氛圍。

從玄關處聽不見一絲聲音，卻有著「誰在」的感覺。

一刻跟在喜鵲的身後，滿心狐疑地往內走了進去，想知道這一切究竟在故弄什麼玄虛。

沒想到剛一轉進客廳，迎面而來的就是拉炮、彩帶還有紙花，緊接著從後方也傳來了嚇人一跳的拉炮聲。

「生日快樂！」

同時間有許多聲音這麼喊著。

一刻愣住，沒有伸手撥去黏在頭髮上的紙花，而是表情呆滯地望著客廳內的一切。

牆壁上，掛了一個大大的布條，上頭用金字貼著「一刻生日快樂」，長桌上堆了許多用紙盒包裝起來的禮物，還有多盤精緻小點心。

宮莉奈、夏墨河、尤里、畢宿都在客廳裡，甚至就連江言一也來了。

一刻張著嘴，目瞪口呆地指指他們，再轉頭望向蘇染等人。

蔚可可、左柚和蘇染的手上拿著已施放完的拉炮；牛郎、蘇冉、蔚商白的臉上非但沒有吃驚之情，反倒都帶著笑意。

一刻不是笨蛋，他瞬間就想明白了。

「你們……幹！你們都知道!?」一刻幾乎是不敢置信地大叫，「等一下，所以你們所有人聯合起來瞞我？」

「小一刻，有沒有嚇了一大跳？我就知道你一定不記得今天是你的生日。」宮莉奈笑咪咪地說道：「多虧大家幫我把你帶出去，不然要準備這些東西會很傷腦筋的。」

「蘇染要做的事，我不可能不知道。」蘇冉坦白自首。

「可可要做的事，我向來不知道也沒興趣知道。」蔚商白無視妹妹的哇哇叫抗議，眉毛微挑地說：「但我記得你的生日，也有準備禮物，我猜得出來這場遊戲是爲了這而弄出來的。」

一刻的目光迅速地再望向牛郎。

「抱歉了，一刻，其實中途我也收到消息。」優雅俊美的男子笑著舉起兩隻手，「讓你替我擔心了，不過你不認爲我其實是演技派？」

「演你去死！」一刻惡狠狠給了牛郎一記眼刀，但誰都看得出來那殺傷力簡直小得可以。

「織女呢？怎麼沒看見織女？」一刻忽然發現這當中少了一抹嬌小人影。

「白毛，你的眼睛是裝飾品嗎？」在進客廳前就回復常人體型，也像畢宿、左柚一樣收起非人特徵的喜鵲一抬下巴，「看後面哪，蠢蛋。」

後面？一刻下意識地再轉過頭，頓時就看見廚房內走出一大一小兩抹身影。

大的是花千穗，小的則是——

一刻只覺喉頭一緊，看著那名外貌如同孩童的神明吃力地捧著一個特大號的粉紅色布丁，一臉緊張，深怕會摔落盤內布丁地走了過來。

織女走到了一刻面前。

「對不起，一刻。」織女小小聲地說，將布丁端得高高，「妾身昨天不是故意的，妾身請花姑娘幫忙一起做了這個。還有，生日快樂，一刻。」

一刻說不出話來，不單是因爲一連串的吃驚，更多的是強烈湧上的情感。

「我……」一刻好不容易終於開了口，聲音沙啞，「我沒有生氣了，眞的。」

就在蔚可可忍不住爲這氣氛而感動得紅了眼眶的時候，門鈴忽然煞風景地響起。

「我去開，我負責開！」宮莉奈自告奮勇地舉起手，「小一刻、織女，你們先把布丁放到桌上吧，等等我們就來切布丁。」

一夥人剛各自尋了位子坐下，宮莉奈就捧著一個方盒子又走了回來，明顯方才按門鈴的人是來送快遞的。

「莉奈姊，那個難道是？」一刻猛地站起，他似乎知道快遞送來的是什麼。

「沒錯，就是小一刻你訂的那個！」宮莉奈笑容滿面地宣布道。

「哪個？哪個？」織女馬上睜著大眼、好奇地問，甚至站上沙發，想趁機接過盒子。

「妳給我坐好。」一刻一把拉下織女，再接過宮莉奈遞來的大盒子。

在多雙眼睛的注目之下，一刻盡量小心翼翼地拆開外層的包裝。

原本有不少人都猜測一刻可能訂了玩偶或是什麼可愛系的物品，可是當包裝完全打開，盒子也被開啓的瞬間，除了宮莉奈以及一刻兩姊弟外，所有人都大大吃了一驚。

那是個客製蛋糕，蛋糕上，居然是一男一女兩名可愛的小人站在一座星星橋上的圖案，其中一名小人的肩上還停著一隻黑色小鳥，圖案上方則寫著「七夕快樂/生日快樂」的字樣。

這下子呆住的人換成了牛郎和織女，他們怎麼可能不懂這圖案的意義。

「這是我前幾天訂的，網路上有那種專門做客製蛋糕的店。再怎麼說，七夕也是織女妳的生日。」一刻彆扭地說，「圖則是左柚幫忙畫，再傳給店家。」

「什麼？原來左柚妳才是最厲害的！」蔚可可驚呼，「妳兩邊都瞞耶！」

「因爲，我想說兩邊都要給個驚喜。」左柚微紅了臉，害羞地笑了。

牛郎和織女沒有說話。

一刻正覺納悶，想說兩人怎麼連點意見也沒有，一抬頭，就發現兩雙含著淚光的眼睛直直地望著他和左柚。

「喂，等等，你們可不要……」一刻心生警覺，立即想拉著左柚退開，但是動作還是慢了一步。

「一刻、左柚，妾身眞的超愛你們的！」

「我和織女眞的太高興了……」

「幹幹幹！你們高興也不要抱過來啊！」

「好了，小一刻和織女的生日宴會準備開始啦！」

歡呼聲、咒罵聲，然後還有宮莉奈興高采烈宣布的聲音。

在這些聲音中，除了織女的事，其餘時候總是袖手旁觀的喜鵲，盯著那個特別製作的蛋糕，她看著也出現在蛋糕上的小鳥圖案，忽然彎起了唇角。

「偶爾，那白毛的和那狐狸也不算太惹人厭嘛。」

那是第一次，喜鵲在說起一刻和左柚的時候，露出了不帶惡意也不帶嘲弄的純粹微笑。

〈七夕狂想〉完

後記

諸君，歡迎終於來到後記頁！
不知道對這次的番外還滿意否？
其實一言以蔽之，這次的主題其實相當簡單，就是歡樂、歡樂、歡樂！XD
因爲不用再和怠墮進行戰鬥，因此所有的角色們似乎想好好地放縱一下，差點超出我的控制。
大家的嚴肅形象頓時都崩壞了啊！XDD
於是和夜風大經過討論後，一致認爲就是因爲有怠墮的存在，各位角色才能如此正經，由此可看出來，怠墮是多麼重要的存在！
和之前的長篇故事不一樣，番外是由三個中短篇組成。「情人節」是最早完成的部分，那時候畢宿還未正式出場，否則一刻的情人節災難應該會更加混亂。
「七夕篇」和「泳池篇」則是滿足自己私人的野望，性轉和泳裝都是非常美好的題材呢。（正色）

在這裡要特別地感謝夜風大，三張插圖都太棒了！性轉一刻還有泳裝蘇染以及壓倒一刻的喜鵲，美少女們的青春肉體實在讓人呼哈呼哈，不知道各位有沒有和我有共同的想法？

接下來要暫時閉關，為了下部作品而努力。

我們下一部故事再見囉！

醉琉璃

【新書預告】

新的風波、新的際遇，各路神使齊聚一地，
神使公會，堂堂登場！

「怠墮」消失，牛郎織女相聚，人界重歸平靜。
然而，人心終究存有黑暗，
黑暗呼喚著瘴，不為人知的陰影正在暗處蠢蠢欲動……
原班人馬＋新出場誘人角色，
維護和平兼大賺業績的神使生活新一章！

某人的內心OS：
×的!!搞什麼!!!我的神使生活還沒結束嗎???

國家圖書館出版品預行編目資料

織女.番外，夏日騷亂 / 醉琉璃 著.
——初版. ——台北市：魔豆文化，2012.8
面； 公分.
ISBN 978-986-5987-09-1（平裝）

857.7 101014364

fresh FS028

織女 番外 夏日騷亂

作者 / 醉琉璃
插畫 / 夜風 封面設計 / 克里斯
出版社 / 魔豆文化有限公司
地址◎ 台北市103赤峰街41巷7號1樓
電話◎（02）25585438 傳真◎（02）25585439
部落格◎ gaeabooks.pixnet.net/blog
臉書◎ www.facebook.com/Gaeabooks
電子信箱◎ gaea@gaeabooks.com.tw
投稿信箱◎ editor@gaeabooks.com.tw
郵撥帳號◎ 19769541 戶名：蓋亞文化有限公司
發行 / 蓋亞文化有限公司
法律顧問 / 義正國際法律事務所
總經銷 / 聯合發行股份有限公司
地址◎ 新北市新店區寶橋路二三五巷六弄六號二樓
電話◎（02）29178022 傳真◎（02）29156275
港澳地區 / 一代匯集
地址◎ 九龍旺角塘尾道64號龍駒企業大廈10樓B&D室
電話◎（852）2783-8102 傳真◎（852）2396-0050
初版三刷 / 2015年9月
定價 / 新台幣 180 元
Printed in Taiwan

ISBN / 978-986-5987-09-1

魔豆

魔豆